Die drei !!!
Küsse im Schnee

Henriette Wich, 1970 in Landshut geboren, studierte Germanistik und Philosophie und arbeitete als Lektorin in verschiedenen Kinderbuchverlagen. Danach hat sie sich einen großen Traum erfüllt: selber zu schreiben. Heute ist sie erfolgreiche Autorin zahlreicher Kinder- und Jugendbücher.

Die drei !!!

Küsse im Schnee

Erzählt von Henriette Wich

dtv

Weitere ›Die drei !!!‹-Bände sowie ausführliche Informationen über unsere Autoren und Bücher www.dtvjunior.de

MIX
Papier aus verantwortungsvollen Quellen
FSC® C019821
FSC www.fsc.org

Ungekürzte Ausgabe 2015
2015 dtv Verlagsgesellschaft mbH & Co. KG, München

Umschlagkonzept: Balk & Brumshagen
Umschlagbild: Beate Fahrnländer
Gesetzt aus der Stone Informal 11/14,5'
Gesamtherstellung: Druckerei C.H.Beck, Nördlingen
Gedruckt auf säurefreiem, chlorfrei gebleichtem Papier
Printed in Germany · ISBN 978-3-423-71669-7

Küsse im Schnee

Silvesterzauber

»Jetzt erzähl schon!«, sagte Franzi ungeduldig. »Welche Überraschung hast du für mich?« Mit der rechten Hand schob sie ihr Fahrrad, den linken Arm hatte sie um ihren Freund Felipe gelegt. Am letzten Abend des alten Jahres war es so mild, dass sie nicht einmal Handschuhe brauchte.

Felipe legte seinen Zeigefinger auf ihren Mund. »Wenn ich es dir jetzt schon verraten würde, wäre es keine Überraschung mehr. Du musst dich schon bis kurz vor Mitternacht gedulden.«

Franzi drückte ihm als Bestechungsversuch einen Kuss auf den Mund. Er lächelte sie nur lieb an und schüttelte den Kopf. Die dunklen Locken flogen um sein milchkaffeebraunes Gesicht.

Franzi seufzte. Warten hatte noch nie zu ihren großen Stärken gehört. Am schlimmsten war es für sie gewesen, als Felipe zwischen Ostern und Pfingsten seine Familie in Mexiko besucht hatte. Seither war er zum Glück nicht mehr verreist, aber er wohnte viel zu weit weg: Ungefähr 25 Kilometer lag Billershausen entfernt. Dort hatte Felipes Mutter im Freizeitpark *Sugarland* ein mexikanisches

Restaurant und er half ihr regelmäßig beim Bedienen. Deshalb konnten Franzi und Felipe sich leider nicht so oft sehen.

»Ich freu mich schon auf den Abend heute!«, wechselte Felipe geschickt das Thema.

Franzi freute sich natürlich auch. Marie hatte zu einer rauschenden Silvesterparty eingeladen, die wahrscheinlich das letzte Mal im Penthouse stattfinden würde, weil sie voraussichtlich bald umzog. Kim und einige Freunde aus Maries Schule hatten zugesagt und ein paar Freunde von Maries Vater wollten auch kommen. Es würde garantiert ein richtig toller Abend werden. Trotzdem konnte Franzi es kaum erwarten, bis Felipe endlich sein großes Geheimnis lüftete.

»Und du willst mir wirklich nicht sagen, was in deinem Rucksack drin ist?«, versuchte sie es ein letztes Mal.

Felipe lachte. Seine weißen Zähne strahlten mit der festlichen Beleuchtung in den Schaufenstern um die Wette. »Nein, das will ich wirklich nicht!«

Neugierig musterte Franzi den großen Rucksack ihres Freundes. Jetzt hätte sie ein Durchleuchtungsgerät gebraucht, wie es die Sicherheitsleute am Flughafen benutzten. Leider gehörte so ein schickes Teil nicht zur Detektivausrüstung der drei !!!. Franzi gab auf, etwas aus Felipe herauskitzeln zu wollen. Kurz darauf standen sie vor dem noblen Altbau, in dem Marie zusammen mit ihrem Vater

Helmut Grevenbroich, seiner Lebensgefährtin Tessa und deren Tochter Lina wohnte. Franzi schloss ihr Rad ab, ging mit Felipe hinein und sie ließen sich vom Aufzug ins oberste Stockwerk fahren.

Marie stand in einem hellblauen Kleid in der Tür, das von oben bis unten mit Glitzersteinen besetzt war. Über die nackten Schultern hatte sie eine schwarze Federboa geworfen, die perfekt zu ihren Smokey Eyes und den neuen Ponyfransen passte. »Herzlich willkommen, ihr zwei Verliebten! Schön, dass ihr da seid.« Sie begrüßte Franzi und Felipe mit jeweils drei Küsschen und hinterließ einen Hauch Maiglöckchenparfüm auf ihren Wangen.

Franzi ließ sich von Felipe aus der Jacke helfen und sagte: »Du siehst echt toll aus, Marie!«

Ihre Freundin lächelte geschmeichelt. »Du aber auch.«

»Du bist wunderschön!«, fügte Felipe hinzu und sah Franzi zärtlich an. Zur Feier des Tages trug er ein weißes Hemd und eine dunkle Hose.

Franzi zupfte verlegen an ihrem dunkelgrünen Hosenanzug, den sie mit einem knallroten Gürtel kombiniert hatte. In sportlichen Outfits fühlte sie sich wohler, aber heute hatte es ihr richtig Spaß gemacht, sich zu stylen und zu schminken.

»Ich hoffe, ihr habt Hunger mitgebracht!«, sagte Marie. »Wir haben ein riesiges Buffet vorbereitet.«

Felipe nickte begeistert. Franzi dagegen spürte,

wie sich plötzlich ihr Magen verkrampfte. Sie musste an den nächsten Morgen denken. Bisher hatte sie ganz weit weggeschoben, dass sie mit Kim und Marie in den Skiurlaub fuhr und Felipe eine Woche nicht sehen würde. Wie sollte sie es bloß ohne seine Küsse, ohne seine Nähe aushalten?

Felipe, der Franzis Gedanken erraten hatte, flüsterte ihr ins Ohr: »Denk nicht an morgen. Heute wird gelacht und gefeiert!«

Franzi lächelte ihn an. Entschlossen hakte sie sich bei Felipe unter und ging hinüber ins Wohnzimmer, hinein ins Licht und das fröhliche Stimmengewirr der Gäste.

»Felipe, Franzi, da seid ihr ja!« Helmut Grevenbroich klatschte in die Hände. »Hiermit erkläre ich das Bufett für eröffnet!« Sofort bildete sich eine lange Schlange vor dem Sideboard, das heute als Buffet diente. Marie hatte nicht übertrieben. Berge von wundervoll dekorierten Köstlichkeiten warteten auf die hungrigen Gäste: leckere Salate, Pasteten, Minipizzen, Hähnchenspieße, der berühmte Auberginenauflauf von Maries Vater und eine große Schüssel Vanillecreme mit Himbeeren.

Kim stand vorne in der Schlange und winkte ihren Freundinnen zu. »Ich bring euch was mit!«

Franzi musste lachen. Sobald es etwas zu essen gab, blühte Kim auf. Zu ihrer Verteidigung behauptete sie immer, sie brauche als Kopf des Detektivclubs regelmäßig Nervennahrung. Hinterher beschwerte sie sich dann, sie hätte schon wieder zugenommen, was gar nicht stimmte. Kim hatte eine tolle Figur. Gerade heute sah sie mit ihrer grauen Hose und dem engen weißen Top besonders gut aus.

Felipe reservierte schon mal einen Stehtisch für die drei !!!. Dort kamen sie alle zusammen und ließen es sich schmecken. Franzis Appetit kehrte in dem Augenblick zurück, als Felipe sie mit kleinen Häppchen fütterte.

»Wie es euch beiden geht, braucht man wohl nicht zu fragen, was?«, sagte Kim. Ein wehmütiger Ausdruck lag auf ihrem Gesicht. Sie hatte sich vor einiger Zeit von ihrem Freund Michi getrennt und war immer noch nicht ganz darüber hinweg. Franzi legte ihr eine Hand auf den Arm. »Ich würde dir gerne was von unserem Glück abgeben.«

»Lieb von dir.« Kim lächelte und beugte sich dann wieder über ihre Fischpastete. »Hmm, schmeckt die gut! Hast du die gemacht, Marie?«

Marie nickte stolz. »Tessa hat mir nur ein bisschen geholfen. Sie kann übrigens richtig gut kochen.«

Franzi warf einen Blick zum weißen Ledersofa hinüber. Dort saß Tessa und prostete gerade Helmut Grevenbroich mit einem Sektglas zu. Franzi konnte sich noch lebhaft an die Zeit erinnern, als Tessa Maries größte Feindin gewesen war. Marie hatte sich erst daran gewöhnen müssen, dass es nach dem Tod ihrer Mutter eine neue Frau im Leben ihres Vaters gab. Aber inzwischen hatte sie ihren Frieden mit Tessa gemacht.

Da kam Lina angerannt. »Marie, kann ich schon die Musik zum Tanzen auflegen?« Sie hatte eine neue Tönung in den rotblonden, schulterlangen Haaren und auf ihren hellen Wangen schimmerte Glitzercreme.

»Jetzt doch noch nicht!« Marie bereute es, dass sie Lina ausnahmsweise erlaubt hatte, ihre Glitzercreme zu benutzen und sich ein Kleid auszuleihen. Es war immer dasselbe: Wenn man ihr den kleinen Finger hinhielt, wollte sie gleich die ganze Hand. Und heute glaubte sie wohl, Maries neue beste Freundin und der DJ auf der Party zu sein.

Enttäuscht zog Lina wieder ab.

»Die Arme!«, sagte Franzi halb spöttisch, halb ernst. Bei ihr zu Hause war es genau umgekehrt. Ihre 16-jährige Schwester Chrissie fand es gar nicht lustig, wenn Franzi an ihren Kleiderschrank ging – was sie übrigens sowieso fast nie machte, weil ihr Chrissies Geschmack viel zu mädchenhaft war.

Marie grinste. »Keine Sorge, Lina wird es überleben. Seht ihr? Sie wickelt schon wieder meinen Vater um den Finger.« Ein Hauch Eifersucht schwang in ihrer Stimme mit, als sie beobachtete, wie Lina auf den Schoß ihres Vaters kletterte.

»Aber du bist und bleibst seine Lieblingstochter«, sagte Kim und schob sich genießerisch einen Löffel Vanillecreme in den Mund. Dabei sah sie sich im Wohnzimmer um, das mit Lichterketten und Blumen geschmückt war. »Sag mal, Marie, wollte Holger nicht auch kommen?«

»Hmm, ja, schon …« Marie strich sich eine blonde Haarsträhne hinters Ohr. Es kam selten vor, dass sie verlegen wurde. »Keine Ahnung, wo er bleibt.«

Kim und Franzi sahen sich amüsiert an. Obwohl Marie sich schon vor ewigen Zeiten von Holger getrennt hatte und die beiden »bloß Freunde« waren, hatte sie anscheinend immer noch Schmetterlinge im Bauch.

»Gibt's sonst was Neues?«, fragte Marie, um von Holger abzulenken. »Irgendein spannender Fall für die drei !!! in Sicht?«

Kim warf einen schnellen Seitenblick zu Felipe hinüber. Es war ein ungeschriebenes Gesetz, dass sie vor Außenstehenden nicht über ihre Ermittlungen sprachen. Das galt auch für enge Freunde. Andererseits war seit Halloween nichts passiert, was unter die Geheimhaltungsklausel fiel.

»Momentan leider nicht«, sagte Kim. »Ich bin aber ganz froh darüber. Wir hatten im letzten Jahr ziemlich viel zu tun. Das war echt anstrengend.«

Felipe nickte anerkennend. »Ihr seid ziemlich erfolgreich, was?«

»Allerdings!«, sagte Marie selbstbewusst. »Seit

unserer Clubgründung haben wir einigen Verbrechern das Handwerk gelegt: Erpressern, Entführern, Fälschern und so weiter. Auch im Ausland haben wir ermittelt, in Frankreich und Großbritannien. In Paris zum Beispiel ...«

»Das weiß Felipe doch alles schon«, unterbrach Franzi den Redefluss ihrer Freundin. Marie trug wieder mal viel zu dick auf. Sie wollte später Schauspielerin oder Sängerin werden und neigte leider dazu, Bühne und Leben manchmal miteinander zu verwechseln.

Marie zog einen Schmollmund. »Alles kann er doch gar nicht wissen!« Sie holte Luft, um weiterzureden, da läutete es an der Haustür. Sofort sprang Marie auf und stöckelte in Richtung Flur. »Das muss er sein!«

Kim war sichtlich erleichtert. Sie konnte es nicht leiden, wenn Franzi und Marie sich in die Haare gerieten. »Ich hol mir noch einen Nachschlag vom Bufett«, verkündete sie.

Felipe war ein bisschen verdutzt, wie schnell sich der Tisch leerte. »Franzi, du rennst jetzt aber nicht auch noch weg, oder?«

»Natürlich nicht!«, sagte sie. »Ich bleib bei dir, den ganzen Abend!«

Felipe lächelte. »Gut zu wissen. Schließlich haben wir heute noch einiges vor.«

»Zeigst du mir jetzt endlich deine Überraschung?«, hakte Franzi sofort nach.

»Noch nicht!«, sagte er. Es hatte fast den Anschein, als würde es ihm Spaß machen, sie auf die Folter zu spannen.

Da kam Marie mit Holger ins Wohnzimmer. Freudestrahlend ging sie zur Stereoanlage und legte eine CD mit Partymusik auf. Dann zog sie Holger, der gerade die anderen Gäste begrüßte, auf die Tanzfläche. Die beiden waren ein schönes Paar: der große, sportliche Holger mit seinen pechschwarzen Haaren und die schlanke, blonde Marie. Wenn sie denn ein Paar gewesen wären …

»Komm, lass uns auch tanzen!«, schlug Felipe vor.

Franzi ließ sich nur zu gerne von seinem mexikanischen Temperament anstecken. Seit sie bei einem Hip-Hop-Dance-Workshop im *Rock Camp* mitgemacht hatte, kribbelte es in ihren Beinen, sobald sie Musik hörte.

Felipe war ein toller Tänzer. Er wirbelte Franzi herum, überraschte sie mit komplizierten Drehungen und unerwarteten Moves. Aber er führte so gut, dass Franzi ihm blind folgen konnte. Trotzdem war sie froh, als endlich auch einmal ein langsamer Song gespielt wurde. Franzi legte die Arme um Felipes warmen Hals. Sie tanzten jetzt ganz eng. Franzis Herz schlug so schnell, dass es fast wehtat. Noch nie in ihrem Leben war sie so glücklich gewesen. Plötzlich hatte sie das Gefühl, ihr Glück würde auf die anderen überspringen.

Auf Marie, die mit geschlossenen Augen Wange an Wange mit Holger tanzte. Und auf Kim, die eine Zeit lang einsam am Rand der Tanzfläche gestanden hatte, aber jetzt von Viktor aufgefordert wurde, einem süßen Jungen aus Maries Klasse.

Die Zeit stand still. Franzi tanzte und tanzte.

Irgendwann hörte sie Felipe sagen: »Bald ist Mitternacht. Komm mit, ich muss dir was zeigen.«

Erst wusste Franzi nicht, was er meinte, aber als ihr die Überraschung wieder einfiel, war sie unglaublich gespannt. Felipe holte seinen Rucksack aus dem Flur und führte Franzi in Maries Zimmer. Hier war kaum noch etwas von der rauschenden Party im Wohnzimmer zu hören. Feierlich breitete Felipe auf der Tagesdecke von Maries Bett ein bunt gemustertes Seidentuch aus. Dann zog er einen Stoffbeutel aus dem Rucksack und forderte Franzi auf, vor dem Bett in den Schneidersitz zu gehen.

»Was wird das denn?«, wollte Franzi wissen.

Felipes Stimme schien aus weiter Ferne zu kommen. Sie war nur noch ein Raunen, ein Flüstern. »Ich habe einen mexikanischen Liebeszauber für uns vorbereitet.«

Franzi bekam eine Gänsehaut. Sie hatte noch die unheimlichen Prophezeiungen von Felipes Oma im Ohr. Hatte Felipe etwa das Skelett mitgebracht, das seine Oma in ihrem Zimmer aufbewahrte?

»Du zitterst ja!« Felipe legte beruhigend den Arm um sie. »Keine Angst, Franzi. Hier geht es nicht um die mexikanische Totengöttin Santa Muerte, die meine Oma verehrt. Hier geht es um Glück und um die Liebe. Wenn wir eine Kerze anzünden und gemeinsam einen Spruch aufsagen, wird unsere Liebe ewig halten. Wir müssen aber beide ganz fest daran glauben.«

Franzis Gänsehaut war verschwunden. Auf einmal fand sie Felipes Idee ziemlich romantisch. »Du bist echt süß!«, sagte sie.

Felipe erklärte ihr alles. Dann öffnete er den Stoffbeutel und legte nacheinander mehrere Dinge auf das Seidentuch: zuerst ein Foto von ihnen beiden, das sie mit Selbstauslöser gemacht hatten. Darauf streuten sie zwei Handvoll Reis und beschwerten es mit einem wunderschönen Rosenquarzstein. Anschließend zündete Felipe eine dünne Kerze an. Als die Kerze fast heruntergebrannt war, sagten sie langsam den Spruch auf, einmal auf Spanisch und danach noch einmal auf Deutsch:

Te adoro.
Te quiero.
Eres todo para mí.
No puedo vivir sin ti.
Pienso en ti en todo momento.

Ich bewundere dich.
Ich liebe dich.
Du bist alles für mich.
Ohne dich kann ich nicht leben.
Ich denke an dich in jedem Augenblick.

Der Kuss, den sie sich danach gaben, war ein feierlicher Schwur ihrer Liebe. Franzi bekam wieder eine Gänsehaut, doch diesmal vor lauter Glück. Als sie aufstand, zitterten ihre Knie und draußen vor dem Fenster explodierten die ersten Feuerwerksraketen.

»Wir müssen zu den anderen zurück, gleich ist Mitternacht«, sagte Franzi.

»Warte noch!«, rief Felipe. Er verstaute das Foto, den Rosenquarz und die Reiskörner wieder im Stoffbeutel und gab ihn Franzi. »Bewahrst du ihn für uns auf, an einem geheimen Ort?«

Franzi versprach es feierlich. »Ja, das mache ich.«

Hand in Hand kehrten sie ins Wohnzimmer zurück. Dort knallten schon die Sektkorken und Maries Vater verkündete eine tolle Neuigkeit: »Ich hab gerade eine Nachricht auf dem Anrufbeantworter entdeckt, die mir mein Makler vor ein paar Stunden hinterlassen hat. Er meint, dass wir richtig gute Chancen auf unser Traumhaus im Ostviertel haben. Es gibt nur noch einen Mitbewerber. Den schlagen wir locker aus dem Rennen. Also, drückt uns die Daumen!«

»Ja!«, jubelte Marie. Sie hatte die Villa im Internet gefunden und sich sofort in das schneeweiße Gebäude am Waldrand verliebt. Sosehr sie das Penthouse auch liebte, für vier Leute war es auf Dauer einfach zu eng.

Herr Grevenbroich und Tessa verteilten Sekt an die Erwachsenen und eisgekühlten Orangensaft an Marie und ihre Freunde. Mit den Gläsern in der Hand gingen sie hinaus auf die Dachterrasse, um das Feuerwerk zu bewundern.

Marie verkündete laut den Countdown bis Mitternacht: »Sieben, sechs, fünf, vier, drei, zwei, eins, NULL!«

Feuerwerkskörper knallten. Der dunkle Winterhimmel verwandelte sich in ein schillerndes Farbenmeer. Alle fielen sich lachend um den Hals. Felipe strahlte Franzi an. »Ein gutes neues Jahr wünsche ich dir.«

»Das wünsche ich dir auch.« Franzi flog in Felipes Arme. Über ihren Köpfen sprühte ein silberner Funkenregen. Felipes Lippen prickelten auf Franzis Mund. Sie lachte. Und auf einmal hatte sie das dringende Bedürfnis, nicht nur ihn, sondern auch Kim und Marie zu umarmen, ihre allerbesten Freundinnen.

Da tippte Kim ihr auf die Schulter. »Dürfen wir kurz stören? Die drei !!! müssen jetzt unbedingt anstoßen.«

Franzi nahm sich ein Sektglas mit eiskaltem

Orangensaft vom Tablett, das Marie ihr hinhielt. Die drei !!! prosteten sich zu. »Auf unseren Club!«, sagte Franzi.

»Auf spannende neue Fälle im neuen Jahr«, sagte Marie.

»Und auf unsere Freundschaft!«, sagte Kim.

Schussfahrt ins Winterabenteuer

Zwei gelbe Scheinwerfer strahlten Felipe an. Er sprang wie ein Jojo auf dem Parkplatz herum und warf Franzi Kusshände zu. Als der Reisebus losfuhr, rannte er noch ein Stück winkend nebenher. Franzi winkte zurück, bis der Bus auf die Straße einbog und Felipe hinter dem Gebäude des Jugendzentrums verschwunden war. Dann lehnte sie sich in ihrem Sitz zurück und fühlte sich, als hätte sie einen Teil ihrer Seele auf dem Parkplatz zurückgelassen. Das Einzige, was ihr zum Trost in dieser Woche blieb, war der Stoffbeutel mit den Utensilien des Liebeszaubers. Heute Morgen hatte sie noch in letzter Sekunde den Beutel in ihren Koffer gepackt. So hatte sie wenigstens ein winziges Stück von Felipe dabei.

»Hey, Trübsal blasen gilt nicht!« Marie knuffte Franzi in die Seite. »Ihr könnt euch doch simsen und du kannst dich jetzt schon auf euer Wiedersehen freuen. Ich dagegen fahre als einsamer Single fort und kehre als einsamer Single zurück.«

Franzi musste grinsen. »Du Arme! Gestern auf

der Party warst du aber ganz und gar nicht einsam.«

»Du hättest Holger nur fragen müssen, dann hätte er dich bestimmt zum Jugendzentrum gebracht«, sagte Kim.

»Kann schon sein.« Marie betrachtete versonnen ihr Spiegelbild im Fenster. Draußen war es noch stockdunkel. Sie waren in aller Herrgottsfrühe aufgebrochen, um bereits mittags im Skigebiet zu sein. »Holger und ich hatten einen tollen Silvesterabend, aber ihr wisst ja, dass ich meine Freiheit brauche. Ich will schließlich beim Flirten nicht aus der Übung kommen. Außerdem sollen die österreichischen Skilehrer besonders attraktiv sein.«

»Schon klar«, sagte Franzi. Inzwischen kannte sie Marie gut genug. So cool, wie sie tat, war sie in Wirklichkeit gar nicht. Holger bedeutete ihr immer noch sehr viel.

Kim lehnte sich zufrieden in ihrem Sitz zurück. »Also ich freu mich vor allem auf die gemütlichen Hüttenabende.«

»Und ich mich aufs Snowboarden«, sagte Franzi. Die Aussicht auf glitzernden Pulverschnee und rasante Abfahrten ließ den Abschied von Felipe für einen Augenblick in den Hintergrund treten.

Der Bus war inzwischen auf der Autobahn und brummte gleichmäßig vor sich hin. Gut gelaunt griff der Betreuer der Skifreizeit zum Mikrofon.

»Hallo, Leute! Das wird eine supertolle Skiwoche in Österreich. Mich kennt ihr ja schon aus dem Jugendzentrum. Ich bin Tom und ihr dürft immer noch Du zu mir sagen. Gemeinsam stürmen wir die Piste. Yeah!« Er ließ einen lächerlichen Tarzanschrei los.

Marie verdrehte die Augen. »Wir hätten Knebel mitnehmen sollen oder wenigstens ein Pflaster. Der Typ hat mich schon auf der Parisreise die letzten Nerven gekostet.«

»Ich dachte, das wären die Superzicken gewesen.« Kim zeigte auf Verena, Luise und Jasmin, die auf der gegenüberliegenden Seite des Mittelgangs saßen und Toms Sprüche wahnsinnig komisch fanden. Damals in Paris hatten die Superzicken die drei !!! mit ihrer Neugier verrückt gemacht und dauernd versucht, die Ermittlungen zu stören.

Maries Antwort wurde von Toms lauter Stimme übertönt. »Ich erwarte einen extra herzlichen Applaus für meine charmante Assistentin Chrissie Winkler!«

Jetzt verdrehte Franzi die Augen. Leider hatte sie ihrer Schwester den Ferienjob nicht ausreden können. Chrissie brauchte dringend Geld für neue Klamotten, wollte sich aber auf keinen Fall bei ihrem Job überanstrengen. Das konnte heiter werden. »Wir sorgen schon dafür, dass deine Schwester dich in Ruhe lässt«, versprach Kim, die selbst heilfroh war, dass ihre frechen Brüder zu Hause bleiben mussten.

Franzi nickte dankbar und sah sich im Bus um. Zum Glück fuhren auch nette Leute mit. Viktor und Lars zum Beispiel, Maries Mitschüler. Und Lena war auch okay. Mittlerweile mochte Franzi ihr Gitarrenspiel sogar. Auch jetzt gerade klimperte Lena vor sich hin.

Franzi pfiff leise die Melodie mit. Fast hätte sie deshalb ihr eigenes Handy überhört. Aber wirklich nur fast. Ihr Herz klopfte wie verrückt, als sie die SMS von Felipe las.

Meine Küsse fliegen zu dir in den Schnee. F.

»War das Felipe?«, fragte Marie neugierig. »Siehst du, dein Freund denkt jede Sekunde an dich.«

Plötzlich beugte sich Verena vom Mittelgang herüber. »Entschuldigt, ich hab zufällig den Namen Felipe aufgeschnappt. Redet ihr etwa von Felipe Baer-Carvallo?«

Franzi steckte schnell ihr Handy weg, bevor Verena auch noch »zufällig« die SMS las. »Ja, wieso?«, fragte sie unfreundlich.

Verena klimperte mit ihren großen blauen Augen. »Ich war neulich im *Sugarland.* Da hab ich deinen Felipe kennengelernt.«

»Ja, und?« Franzi versuchte, ihre aufkeimende Eifersucht zu unterdrücken.

»Er ist schon sehr süß«, redete Verena weiter. »Ich kann gut verstehen, dass du mit ihm zusammen bist. Aber ich wollte dich nur warnen – sozusagen von Frau zu Frau. Er ist nämlich leider nicht ganz so nett und unschuldig, wie er immer tut.«

Einzig und allein ihre gute Erziehung hielt Franzi davon ab, laut zu werden. »Was willst du damit andeuten?«, fragte sie beherrscht.

»Ich, andeuten?« Auf einmal war Verena die Unschuld in Person. »Gar nichts. Vergiss einfach, was ich gesagt habe.« Sie drehte sich zu ihren Freundinnen um und alle drei kicherten wie auf Kommando los.

Franzi kochte innerlich vor Wut, aber noch schlimmer war die Angst hinter der Wut, dass Verena tatsächlich etwas über Felipe wusste, wovon sie selbst keine Ahnung hatte. Und dass Verena mit ihren Beschuldigungen recht haben könnte.

»Lass dich von der bloß nicht nerven«, raunte Kim ihr ins Ohr.

Marie warf den Superzicken einen verächtlichen Blick zu. Dann sagte sie zu Franzi: »Die will sich doch bloß wichtigmachen.«

Franzi nickte. Demonstrativ kehrte sie Verena den Rücken zu, startete ihren MP3-Player und drehte den neuen Song ihrer Lieblingsgruppe *Boyzzzz* extra laut auf. Sie wollte ihren Freundinnen nur zu gerne glauben. Trotzdem blieb ein winzig kleiner Stachel in ihrem Herzen zurück, den Verena dort mit einem Widerhaken verankert hatte.

Den Rest der Fahrt versuchte Franzi, Verena einfach auszublenden, was ihr zum Glück auch gelang. Mit Musikhören, Quatschen und Lesen verging die Zeit wie im Flug. Franzi konnte es kaum glauben, als der Bus auf dem großen Parkplatz vor der Talstation des Skiortes hielt.

»Hurra, wir sind da!«, verkündete Tom begeistert durchs Mikrofon. »Schnee und Sonne gibt es heute gratis. Um euer Gepäck und den Skipass müsst ihr euch nicht kümmern. Schnappt euch einfach eure Skier und stellt euch beim Lift an. Sobald wir komplett sind, fahren wir hinauf zur Mittelstation. Von dort ist es nur ein Katzensprung bis zu unserer Unterkunft.«

Aufgeregt sprangen die drei !!! aus dem Bus. Franzi atmete tief die klare, kalte Winterluft ein und sah sich um. Rechts und links von der Straße reihten sich große Hotels aneinander. Mit ihren rustikalen Holzbalkonen erinnerten sie Franzi an viele schöne Skiurlaube, die sie als Kind mit den Eltern in Österreich verbracht hatte. Plötzlich hatte sie das sichere Gefühl, dass es eine tolle Woche werden würde, auch ohne Felipe. Übermütig bückte sie sich, formte einen Schneeball und warf ihn auf Marie.

»Iiieh!«, kreischte ihre Freundin. »Hör sofort auf damit, Franzi. Du zerstörst meine neue Frisur.« Hektisch zupfte sie an ihren Ponyfransen.

Franzi grinste nur. »Du siehst toll aus. Und jetzt beeil dich. Sonst verpassen wir den Lift.«

Eine Viertelstunde später schwebten Kim, Franzi und Marie zusammen mit den anderen in einer großen Gondel den Berg hinauf. Die Sonne erreichte gerade ihren höchsten Punkt. Der Schnee funkelte wie tausend Diamanten. Skifahrer in bunten Anzügen wedelten die Piste hinunter. Franzi konnte es kaum erwarten, sich unter die Wintersportler zu mischen. Am liebsten wäre sie sofort losgefahren.

Tom bestand leider darauf, dass sie zuerst ihre Unterkunft besichtigten. Von der Mittelstation aus querten sie einen kleinen Hang. Bald tauchte hinter einer Felsformation ein tief verschneites Winterdorf vor ihnen auf. Es lag eingebettet in ein verwunschenes Tal, das von weiß glitzernden Tannenbäumen umgeben war. Zwölf rustikale Holzhütten gruppierten sich um einen zugefrorenen, malerischen Teich.

Kim seufzte glücklich. »Das sieht ja aus wie im Märchen!«

Franzi fand das Dorf auch wunderschön. Nur Marie machte sich Sorgen, ob der Komfort der Unterkunft auch ihren Ansprüchen genügte. »Hoffentlich gibt es Duschen in den Hütten und fließendes warmes und kaltes Wasser«, murmelte sie leise.

Franzi lachte. »Ist mir egal. Meinetwegen können wir uns auch mit Schnee abreiben.«

Marie verzog entsetzt das Gesicht.

Plötzlich hörten sie Hundegebell. Ein hagerer, dunkelhaariger Mann kam mit einem knurrenden Schäferhund auf die Jugendgruppe zu. Kim und Marie wichen lieber einen Schritt zurück. Nur Franzi blieb ruhig stehen. Kaum hatte der Mann leise »Platz!« gerufen, gehorchte sein Hund.

»Herzlich willkommen im Tannenwinkel«, sagte der Hundehalter, der Anfang zwanzig war und einen buschigen Schnurrbart trug. »Ich heiße Hans Schachner und bin hier der Verwalter. Ihr könnt euch mit allen Fragen an mich wenden. Mein Zimmer ist gleich hinter der Bibliothek.« Er erwähnte, dass es auch noch eine ausgebildete Krankenschwester im Dorf gab, falls jemand krank wurde oder sich beim Skifahren verletzte. Danach erzählte er einiges über die Landschaft und den Tannenwinkel.

Franzi interessierte das alles nicht besonders. Sie ging auf den großen Schäferhund zu und streckte ihre Hand aus. »Na, du? Wie geht's?«

Der Hund knurrte wieder. Aber Franzis ruhige Stimme schien ihm zu gefallen. Bald hörte er auf zu knurren und spitzte neugierig die Ohren. Doch bevor Franzi sein weiches Fell kraulen konnte, ging Hans Schachner dazwischen. »Lass das!«, sagte er barsch. »Paco ist ein Lawinensuchhund, kein Schoßhündchen.«

Franzi runzelte verärgert die Stirn. »Mein Vater ist Tierarzt. Ich kenne mich mit Hunden aus.«

Der Verwalter musterte sie mit seinen kleinen, durchdringenden Augen. »Ich möchte trotzdem nicht, dass du Paco streichelst. Er soll nur auf meine Befehle hören. Im Ernstfall, wenn eine Lawine abgeht, muss er hundertprozentig gehorchen.«

»Verstehe«, sagte Franzi. Auch wenn er recht hatte, fand sie ihn spontan unsympathisch.

Kim und Marie ging es genauso. Leicht genervt folgten die drei !!! seinem umständlichen Vortrag. Sie erfuhren, dass Hans Schachner neben seiner Tätigkeit als Verwalter auch bei einem Lawinensuchtrupp mitarbeitete und in seiner Freizeit Sachbücher über die Region schrieb. Ein paar Bücher von ihm standen im Regal der Bibliothek, die in der Haupthütte untergebracht war, wo es auch zwei Computer mit Internetzugang gab. In der Haupthütte war außerdem ein Gemeinschaftsraum für die Mahlzeiten und Gruppentreffen.

Endlich zeigte der Verwalter ihnen die Hütten, in denen sie wohnen würden. Jede Unterkunft hatte ein Schlafzimmer mit vier Betten. Kim, Franzi und Marie machten sofort klar, dass sie zusammen in eine Hütte wollten.

Hans Schachner hakte sie auf seiner Gästeliste

ab. »Gut. Dann schlage ich vor, dass Chrissie Winkler zu euch kommt. Ihr seid Schwestern, hab ich gehört.«

»Äh ... ehrlich gesagt ... finde ich das keine so gute ...«, fing Franzi an.

»Perfekt!«, fiel Chrissie ihr ins Wort. Grinsend legte sie den Arm um Franzis Schulter. »Ich halte es nämlich keinen Tag ohne mein geliebtes Schwesterchen aus!«

Damit war es beschlossene Sache. Franzi graute jetzt schon davor, dass Chrissie jeden ihrer Schritte verfolgen und später alles brühwarm ihren Eltern erzählen würde. Zum Glück war sie ihrer Schwester nicht alleine ausgeliefert.

Als die drei !!! ihre Hütte betraten, inspizierte Marie alles und ließ einen Begeisterungsschrei nach dem anderen los. »Ein offener Kamin im Wohnzimmer! Eine Dusche mit Tropenregen! Eine WLAN-Verbindung für unseren Laptop! Und ihr glaubt es nicht: Wir haben sogar eine Sauna!«

Franzi lachte. »Dann sind deine Wellnesseinheiten ja gesichert. Aber jetzt ist erst mal Skifahren angesagt!«

An der Mittelstation warteten die jungen Skilehrer auf die Gruppe. Simon und Toni waren Brüder, was Franzi auf den ersten Blick niemals vermutet hätte. Simon war blond, hatte lebhafte Augen und ein verschmitztes Grinsen. Toni hatte schwarze, schulterlange Haare, feine Gesichtszüge und besaß eine ruhige Ausstrahlung, die ihn fast noch interessanter machte als Simon. Tatsache war, dass beide unverschämt gut aussahen – und Marie nahm sich fest vor, mit beiden zu flirten.

»Hallo, Mädels, hallo, Jungs!«, sagte Simon. »Ich freu mich auf die Tage mit euch. Heute möchten Toni und ich erst mal sehen, was ihr so draufhabt. Dann teilen wir euch in zwei Gruppen ein.«

»Tut alles, was euch diese beiden Genies sagen!« Tom kratzte gut gelaunt seinen Dreitagebart. »Es sind die besten Skilehrer ganz Österreichs, Quatsch, der ganzen Welt!«

Nur die Superzicken fanden die Bemerkung witzig. Toni und Simon – beide waren wie Hans Schachner etwa Anfang zwanzig – lächelten verlegen und Kim stöhnte leise. Sie fuhr gern Ski, aber sie hasste das Probelaufen am ersten Tag. Da hatte sie immer das Gefühl, dass alle sie anstarrten und nur darauf warteten, dass sie einen Fehler machte.

Die Skilehrer brachten sie zu einem Übungshang in der Nähe der Mittelstation. Dort nickte Toni Kim aufmunternd zu. »Möchtest du anfangen?«

»Du schaffst das schon«, flüsterte Franzi Kim zu und Marie streckte beide Daumen in die Höhe.

Während Kim langsam den flachen Übungshang hinunterfuhr, schüttelte Chrissie vor Simon ihre rote Lockenmähne. »Hi! Ich bin Chrissie, Toms Assistentin. Ich helf dir total gerne, wenn du mal Hilfe brauchst oder so.« Worin ihre Hilfe genau bestehen sollte, ließ sie im Unklaren.

Simon grinste. »Danke. Lieb von dir.« Bewundernd musterte er Chrissies schlanke Figur, die im engen, gelben Skianzug besonders gut zur Geltung kam.

Franzi hatte es geahnt. Chrissie war gerade Single und verzweifelt auf der Suche nach einem Flirt. Kein Wunder, dass sie sich auf den erstbesten Typen stürzte, der ihr über den Weg lief. Aber im Grunde war es Franzi nur recht. Dann war ihre Schwester wenigstens abgelenkt.

Inzwischen war Kim am unteren Ende des Hangs angelangt. Toni winkte ihr zu, dass sie wieder heraufkommen sollte.

»Ist Kim nicht toll gefahren?«, sagte Marie zu Toni. »Kim ist meine Freundin. Und ich bin übrigens Marie.« Sie schenkte dem Skilehrer ihr Strahlelächeln.

Er lächelte herzlich zurück. »Alles klar. Möchtest du als Nächste fahren?«

»Unbedingt«, sagte Marie. Sie setzte sich ihre pinkfarbene, verspiegelte Skibrille auf und sauste los.

Franzi sah ihrer Freundin anerkennend zu. Sie selbst hatte es nicht eilig und ließ die anderen gerne vor. Viktor und Lars waren ebenfalls gute Skiläufer. Die Superzicken dagegen kicherten die ganze Zeit und stellten sich absichtlich dumm an. Nach einem missglückten Parallelschwung landete Verena auf ihrem Hinterteil. Sie saß immer noch im Schnee und jammerte vor sich hin, als Franzi lässig an ihr vorbeiwedelte. Den letzten Teil der Strecke fuhr Franzi Schuss, verkantete die Skier und kam mit einem eleganten Schwung zum Stehen. Von oben hörte sie den spontanen Applaus der Skilehrer.

»Sehr gut, Franzi!«, rief Simon.

Verena, die sich endlich aufgerappelt hatte, warf Franzi einen giftigen Blick zu. »Musst du immer so schrecklich angeben?«

Franzi löste ihre Skibindung und setzte ein unschuldiges Gesicht auf. »Wieso angeben? Ich hab doch noch gar nicht meinen Überschlag auf dem Snowboard gezeigt.« Dann schulterte sie ihre Skier und stapfte an der verblüfften Verena vorbei den Hang hinauf.

Abends im Bett, nach einem langen ersten Ferientag und einem gemütlichen Hüttenabend, schickte Franzi per SMS tausend Küsse an Felipe. Verena erwähnte sie mit keinem Wort. Mittlerweile gab sie Kim und Marie recht. Verena hatte eindeutig einen Minderwertigkeitskomplex und wollte sich nur wichtigmachen. Ab morgen würde sie die blöde Zicke einfach komplett ignorieren.

Schock auf der Piste

Marie kam zu spät zum Frühstück. Sie trug einen mintfarbenen Pullover, schwarze Röhrenhosen und Kuhfellstiefel. Auf ihren Augen schimmerten silberne Glanzpunkte. Aber ihre Laune glänzte ganz und gar nicht.

»Was ist denn mit dir los?«, erkundigte sich Kim, die gerade ihr zweites Brötchen mit Honig verdrückte. »Hast du schlecht geschlafen?«

»Oder hast du gestern noch mit Viktor und Lars einen Mitternachtsspaziergang gemacht?«, fragte Franzi.

Marie hatte beim Hüttenabend ihre beiden Mitschüler, die bereits seit einiger Zeit Fans von ihr waren, vollends mit ihrem Charme eingewickelt. Sie war noch mit ihnen im Gemeinschaftsraum geblieben, als Kim und Franzi sich schon hundemüde ins Bett zurückgezogen hatten.

Marie ließ sich mit einem Stoßseufzer auf die Eckbank fallen. »Geschlafen hab ich wie ein Murmeltier. Aber davor hab ich mich total geärgert. Ich wollte den gelungenen ersten Tag mit einem

Saunagang ausklingen lassen, aber unsere Sauna war kaputt.«

»Das ist natürlich eine Riesenkatastrophe«, sagte Franzi grinsend. »Erdbeben und Sturmfluten sind nichts dagegen.«

Marie stieß unter dem Tisch gegen Franzis Schienbein. »Du bist blöd! Ich hab mich wirklich geärgert. Heute Morgen gleich noch mal. Ich hab diesem Verwalter Bescheid gegeben, dass er unsere Sauna sofort reparieren soll, aber er hat nicht den Eindruck gemacht, dass das auf seiner Prioritätenliste ganz oben steht.«

Kim wischte sich kichernd die Brötchenkrümel aus den Mundwinkeln. »Was für eine Überraschung! Wo Hans doch sooo nett ist.« Sie konnte es sich erlauben, offen zu reden, weil der Verwalter bisher nicht zum Frühstück erschienen war.

Bevor Marie noch etwas darauf sagen konnte, klatschte Tom in die Hände. »Macht euch langsam startklar. Wir sollten unsere genialen Skilehrer nicht warten lassen.«

»Los, los!« Chrissie scheuchte im Kommandoton die Leute von den Bänken.

Bei den meisten hatte sie Erfolg damit. Nur die drei !!! frühstückten jetzt erst recht in aller Ruhe zu Ende. Sie kamen trotzdem pünktlich zum vereinbarten Sammelpunkt vor dem Skischuppen. Das Tal lag noch im Schatten, aber der zartblaue Himmel ließ einen weiteren herrlich schönen Tag erahnen.

Kim rutschte nervös auf ihren Skiern herum. »Hoffentlich hat Simon heute nicht gleich eine Buckelpiste für uns ausgesucht.«

Sie hatte es leise Marie zugeflüstert, die mit ihr in einer Gruppe war, doch Simon hatte es gehört. »Keine Angst! Wir fangen ganz harmlos an. Vertrau mir!«

Kim wurde rot. »Okay ...«

»Du fährst doch super Ski«, mischte Lars sich ein, worauf Kim noch röter wurde und sich gleichzeitig sichtlich freute. Lachend winkte sie Franzi zum Abschied zu.

»Viel Spaß!«, rief Franzi Kim und Marie zu.

Erst war sie ein bisschen traurig gewesen, dass die drei !!! nicht in eine Gruppe gekommen waren. Doch bei Tonis Angebot, in seinem Anfängerkurs als Einzige statt Skiern ihr Snowboard benutzen zu dürfen, konnte sie nicht widerstehen. Dafür nahm sie sogar Chrissie und die Superzicken in Kauf.

Simon, Tom, Kim, Marie, Viktor und Lars steuerten die Mittelstation an. Toni fuhr mit der Anfängergruppe zum gestrigen Übungshang. Chrissie wich dem Skilehrer nicht von der Seite. Sie nutzte die Gelegenheit, um ihn über Simon auszufragen, mit dem sie beim gestrigen Hüttenabend heftig geflirtet hatte. »Dein Bruder ist jünger als du, oder? Was macht er denn sonst so, wenn er nicht gerade Ski fährt? Unternimmt er viel mit Freunden ... und äh ... Freundinnen?«

»Simon ist ein Jahr jünger als ich«, sagte Toni. Franzi merkte ihm an, dass ihn Chrissies aufdringliche Art nervte, aber er blieb trotzdem freundlich. »Er arbeitet als Skilehrer und im Hotel unseres Vaters im Tal, genau wie ich. Simon liebt jede Art von Sport: Skifahren, Snowboarden, Schwimmen. Und ja – er hat viele Freunde.«

Chrissies Neugier wurde damit nur zum Teil befriedigt. Franzi musste grinsen. Es geschah ihrer Schwester nur recht, dass Toni sie zappeln ließ.

Beim Übungshang veranstalteten Verena, Luise und Jasmin einen Wettbewerb in der Disziplin, wer am häufigsten im Schnee landet. Chrissie zog erst einmal in aller Seelenruhe ihren Lippenstift nach. Nur Franzi legte gleich voll los. Sie führte Toni ihre Snowboardkünste aus der letzten Wintersaison vor. Da hatte sie zum ersten Mal an einem Snowboardkurs teilgenommen, der ihr total viel Spaß gemacht hatte.

»Du hast wirklich Talent«, sagte Toni, nachdem sie dreimal die Piste hinuntergesaust war. Er schlang seinen dunkelblauen Schal enger um den Hals, weil es trotz Sonne immer noch sehr kalt war. »Hast du es schon mal mit *fakie* probiert?«

»Du meinst rückwärtsfahren?« Franzi krauste die Nase. »Nee, bis jetzt noch nicht. Ich bin nur so ein bisschen vor mich hingerutscht.« Auch von Überschlägen war sie weit entfernt, aber es hatte sie tierisch gefreut, dass Verena gestern ihre Lüge geschluckt hatte.

»Ich hab einen Trick für dich«, sagte Toni. Er ließ sich von Franzi ihr Snowboard geben und schraubte die Bindung um.

»Jetzt sind die Winkel ziemlich steil. Teste mal, wie sich das anfühlt.«

Am Anfang war es ein merkwürdiges Fahrgefühl, aber dann kam Franzi überraschend gut klar. »Super Tipp von dir, danke!«

»Hallo?« Verena stand auf wackeligen Knien oben an der Piste und fuchtelte mit ihrem Skistock. »Wird das hier eine Einzelstunde oder was? Wir sind auch noch da.«

»Verena hat recht, Toni, wir brauchen hier dringend deine Hilfe!«, rief Chrissie. Langsam fragte sich Franzi, wofür ihre Schwester eigentlich ihr Geld bekam.

»Ich komm schon!« An Tonis rechtem Ohrläppchen blitzte ein winziges, silbernes Kreuz auf, als er losfuhr, um sich geduldig um die Anfänger zu kümmern.

Franzi packte der Ehrgeiz. Sie beschloss, an diesem Vormittag perfekt *fakie* fahren zu lernen. Immer wieder übte sie die Rechts- und Linksschwünge. Dabei kam sie ganz schön ins Schwitzen.

Irgendwann sah Toni besorgt zum Himmel und sagte: »Es tut mir leid, aber wir müssen früher Mittagspause machen. Das Wetter schlägt um.«

Franzi hatte gar nicht bemerkt, dass sich immer mehr Wolken vor die Sonne geschoben hatten. Dunkle Schatten jagten über die Berggipfel. Plötzlich wurde es deutlich kühler und ein scharfer Wind wirbelte den Schnee auf.

Die Anfängergruppe brauchte doppelt so lange für den Rückweg zum Tannenwinkel wie am Morgen für den Hinweg. Sie hatten Gegenwind, der ihnen die Schneekristalle wie spitze Nadeln in die Gesichter trieb. Sogar Franzi war froh, als sie endlich im warmen Gemeinschaftsraum der Haupthütte saßen. Das Mittagessen war noch nicht fertig, aber die Köchin brachte ihnen Früchtetee zum Aufwärmen.

Toni schaute auf sein Handy, schrieb schnell eine SMS und zog seine Skijacke rasch wieder an. »Ich muss kurz ins Tal fahren und etwas für eine andere Touristengruppe organisieren. Chrissie, bist du so lieb und übernimmst die Aufsicht, bis Tom hier ist?«

»Natürlich, mach ich gerne«, sagte Chrissie. Kaum hatte Toni den Raum verlassen, schnappte sie sich eine Modezeitschrift und sah ab und zu gelangweilt zum Fenster hinaus.

Franzi achtete nicht mehr auf sie, bis ihre Schwester plötzlich aufstand und murmelte, sie müsse dringend irgendetwas erledigen und sei gleich wieder da. Franzi war nicht besonders traurig darüber. Entspannt lehnte sie sich zurück und rieb ihre schmerzenden Oberschenkel. Sie überlegte gerade, ob sie mit gezieltem Stretching einen Muskelkater vermeiden könnte, als Verena neben sie auf die Bank rutschte.

»Ich wollte mit dir noch mal über Felipe reden«, raunte sie geheimnisvoll.

Franzi rückte ein Stück von ihr weg. »Ich aber nicht mit dir.«

Verena ließ ihr albernes Lachen hören. »Gib dir keine Mühe. Ich seh es dir an der Nasenspitze an, wie gespannt du bist.«

Franzi fühlte sich ertappt. Verenas rätselhafte Bemerkung über Felipe spukte tatsächlich immer noch in ihrem Hinterkopf herum. »Du willst was loswerden«, stellte sie klar. »Dann tu's endlich.«

»Ich fürchte, das wird jetzt ein Schock für dich sein«, sagte Verena scheinbar voller Mitgefühl. »Felipe ist ein Dieb. Ich habe ihn im Restaurant seiner Mutter beim Klauen erwischt.«

Der Vorwurf war absurd. Franzi kannte keinen ehrlicheren Menschen als Felipe. Einmal hatte sie ihm Geld geliehen und er hatte es ihr sofort am nächsten Tag zurückgezahlt, bis auf den letzten Cent. Sie hatte ihn nicht einmal daran erinnern müssen. »Deine Lügengeschichten kannst du jemand anderem erzählen«, sagte sie verächtlich.

Verena streckte ihre Brust heraus. »Ich hab genau gesehen, wie Felipe einem Gast die Geldbörse aus dem Jackett gestohlen und in seiner Hosentasche hat verschwinden lassen.«

»Ach wirklich?« Franzi nippte am kalt gewordenen Früchtetee, um ihre Nerven zu beruhigen. »Hast du die Polizei gerufen? Hat sie Felipe Handschellen angelegt und mit Blaulicht ins Präsidium gefahren? Tatütata?«

Verena schüttelte den Kopf. »Ich hab tatsächlich kurz überlegt, die Polizei zu rufen. Aber dann hat mir Felipe leidgetan. Er hat so unglücklich ausgesehen.«

Franzi hoffte immer noch, dass Verena gleich loslachen und zugeben würde, dass sie ihr einen Bären aufgebunden hatte, bloß um sie zu ärgern. Aber Verena blieb ernst. Viel zu ernst. Ein mulmiges Gefühl breitete sich in Franzis Magen aus. Ein Gefühl, das sie unbedingt mit ihrem detektivischen Verstand bekämpfen musste. »Und wann soll das bitte schön passiert sein?«

»Am 27. Dezember um 18:30 Uhr«, sagte Verena wie aus der Pistole geschossen.

Auf einmal musste Franzi an Felipes verstorbenen Vater denken, der in Mexiko in krumme Geschäfte verwickelt gewesen war. Trat Felipe in die Fußstapfen seines Vaters? Der Gedanke war so schrecklich, dass sie ihn gar nicht zu Ende denken wollte.

Franzi war verzweifelt. Gerade deshalb zwang sie sich dazu, äußerlich völlig ruhig zu bleiben. Vor Verena durfte sie sich keine Schwäche anmerken lassen. »Ich nehme an, das war's, was du mir erzählen wolltest«, sagte sie kühl. »Danke für die Info.« Lächelnd stand sie auf und verließ mit kerzengeradem Rücken den Raum.

Franzi schaffte es, die coole Fassade aufrechtzuerhalten, bis sie die Tür des Gemeinschaftsraums hinter sich geschlossen hatte. Doch als sie alleine im Flur vor der Küche stand, begann sie, am ganzen Körper zu zittern. Auf dem Weg zu ihrer Hütte schickte sie Felipe schnell eine SMS. Ihr Herz war voller Angst, als sie den Text in ihr Handy tippte.

Lieber Felipe,
ich muss dich was fragen. Es ist sehr, sehr wichtig für mich. Warum, erzähle ich dir später. Wo warst du am 27. Dezember zwischen 18 und 19 Uhr?
Lg, Franzi

Felipe simste sofort zurück.

Hallo süße Franzi,
du stellst komische Fragen! Ist das irgendein Detektivspiel? Am 27. Dezember habe ich meinem Onkel Miguel bei seiner Zaubervorstellung geholfen.
Hdgdl, dein verwirrter Felipe

Franzi starrte auf ihr Handy. Felipe hatte ihr offen geantwortet. Er klang ehrlich. So lieb wie immer. Und trotzdem blieb da diese nagende Ungewissheit zurück. Kaum war Franzi in ihrer Hütte angekommen, klappte sie den clubeigenen Laptop auf und stellte eine Verbindung zum Internet her. Dann machte sie etwas, bei dem sie sich schlecht fühlte, aber sie tat es trotzdem. Sie checkte den Veranstaltungskalender von *Sugarland*. Da stand es schwarz auf weiß: Am 27. Dezember hatte es gar keine Zaubervorstellung gegeben!

Felipe hatte sie angelogen. Aber warum? Franzi hatte zu viele Erfahrungen als Detektivin gesammelt, um nicht zu ahnen, was dahintersteckte. Es gab nur einen Grund, den sie sich vorstellen konnte. Felipe hatte tatsächlich etwas zu verbergen – weil er ein Dieb war!

Franzi fuhr den Laptop herunter und lief schnell wieder in Richtung Haupthütte. Sie hielt es nicht aus, diesen Verdacht alleine mit sich herumzuschleppen. Sie musste ihn Kim und Marie erzählen. Gerade als sie die Tür der Haupthütte hinter sich zugemacht hatte, wurde sie wieder aufgerissen. Tom, Kim, Marie, Viktor und Lars stürmten herein und brachten einen Schwall eiskalte Luft mit. Tom schob Franzi unsanft zur Seite. Er wollte sofort weiter zum Gemeinschaftsraum.

»Was ist denn mit dem los?«, fragte Franzi.

Kim und Marie blieben stumm. Bevor Franzi sie

um ein Gespräch bitten konnte, hörte sie Tom stammeln: »Eine L...Lawine ist abgegangen. Bei der Waldabfahrt.«

»Was???« Der Boden unter Franzis Füßen schwankte.

Kim nickte. Ihre Augen waren groß und dunkel. »Wir hatten unglaublich Glück. Eigentlich wollte Simon mit uns die Waldabfahrt machen. Er hat sich dann aber spontan anders entschieden. Er musste noch mal ins Tal fahren und wollte danach gleich wieder zum Tannenwinkel kommen. Wir haben die Sonnwendabfahrt genommen. Das war unsere Rettung.«

»Wir hatten einen Schutzengel dabei«, flüsterte Marie. Sie war blass und wirkte auf einmal sehr zerbrechlich.

Franzi fiel ihren Freundinnen um den Hals. Plötzlich wurde alles andere unwichtig. Ihre Sorgen wegen Felipe lösten sich in Luft auf. »Ich bin so froh, dass ihr hier seid, so froh, dass es euch gibt!«

Die drei !!! umarmten sich ganz fest. Noch nie waren sie sich so nahe gewesen. Nach einer Weile lösten sie sich voneinander und gingen zu den anderen in den Gemeinschaftsraum.

Tom stand vor dem Buffet. Jemand hatte das Gute-Laune-Lächeln in seinem Gesicht ausgeknipst. In knappen Sätzen berichtete er, was passiert war. »Wir stiegen gerade aus dem Schlepplift.

Da hörten wir es aus der Ferne grollen. Ich hab so ein Grollen schon mal erlebt. Ich wusste, dass es eine Lawine war. Natürlich hab ich sofort Hans angerufen. Er ist jetzt mit seinem Suchtrupp und den Lawinenhunden am Unglücksort.«

Alle sahen ihn bestürzt an. Die Neuigkeit war ein Schock, der jeden sprachlos machte.

»Aber wie geht es euch? Seid ihr alle heil zurückgekommen?«, fragte Tom. Unruhig lief er herum und fing an durchzuzählen. Er war fast fertig, als Simon und Chrissie gemeinsam hereinstürmten.

Franzi hatte halblaut mitgezählt. Sie waren nicht ganz vollzählig. Es waren nicht alle in Sicherheit.

»Toni fehlt!«, riefen Franzi und Tom wie aus einem Mund.

Die zwei Worte lösten einen weiteren Schock aus. Instinktiv sahen alle Simon an.

»Toni wollte ins Tal fahren, er hatte dort noch irgendetwas zu organisieren«, sagte Franzi verzweifelt.

Simon sank stöhnend auf einen Stuhl. »Ja, das hatte mir Toni auch per SMS geschrieben. Ich musste auch noch was im Tal erledigen, aber wir waren getrennt unterwegs. Ich hab Toni nicht getroffen. Und jetzt ist sein Handy aus – er stellt es sonst nie ab!«

Tom stützte sich am Buffet ab. »Wollte Toni … die Waldabfahrt nehmen?«

Simon vergrub seinen Kopf in den Händen. »Das hat er mir nicht gesimst. Ich weiß es nicht. Ich weiß es nicht.«

Die Stille danach war so unerträglich, dass es allen wie eine vorübergehende Erlösung vorkam, als die Köchin den Rollwagen mit dem Essen hereinschob. Niemand hatte Hunger, aber alle schlangen die Spaghetti in sich hinein. Es war das Einzige, was sie tun konnten. Sie aßen, tranken eine Kanne Tee nach der anderen und warteten. Draußen tobte der Wind um die Hütte und die Zeit wollte nicht vergehen, sosehr Tom auch versuchte, die Gruppe mit Spielen abzulenken.

Irgendwie verging die Zeit trotzdem. Endlich hörten sie draußen Schritte und Hundegebell. Hans kam mit Paco herein. Der Verwalter hatte gerötete Wangen und sagte atemlos: »Fünf Menschen konnten wir retten.«

»Und … Toni?«, fragte Lars.

Hans schüttelte den Kopf. »Toni war nicht dabei.« Paco schmiegte den Kopf an sein Herrchen und winselte leise. Niemand wagte, etwas zu sagen.

Plötzlich sprang Simon auf. Sein Stuhl polterte zu Boden. Angst um seinen Bruder flackerte in seinen Augen. Mit geballter Faust ging er auf Hans zu. »Du hast versagt! Ich werde die Sache jetzt selbst in die Hand nehmen.«

»Halt, warte!«, rief Tom entsetzt.

»Das ist viel zu gefährlich«, warnte Hans. »Es wird bald dunkel.«

Aber Simon war schon weg. Franzi stand am Fenster und sah, wie er sich die Skier anschnallte. Sekunden später wurde der Skilehrer von der Dämmerung verschluckt.

Fieberträume

Franzi wachte mit dem unangenehmen Gefühl auf, schlecht geträumt zu haben. Irgendetwas Schlimmes war im Traum passiert. Als sie den Wind hörte, der gegen einen Fensterladen der Hütte schlug, erschrak sie. Es war gar kein Traum gewesen! Das Lawinenunglück war tatsächlich passiert.

Franzi stand rasch auf, ignorierte ihren Muskelkater und weckte Kim, Marie und Chrissie. Die Mädchen redeten nicht viel, während sie sich duschten und anzogen. Sie wollten so schnell wie möglich zum Frühstück, um zu hören, ob es Neuigkeiten gab. Franzi nahm sich nicht einmal die Zeit, mit Felipe zu telefonieren oder ihm eine SMS zu schreiben.

Draußen war es immer noch ziemlich windig, aber es gab kaum Wolken am Himmel. Schweigend stapften sie durch den Neuschnee zur Haupthütte hinüber. Nur Chrissie jammerte leise vor sich hin, dass sie Halsweh hätte, verstummte aber, als niemand reagierte.

Im Gemeinschaftsraum wurde nur halblaut gemurmelt. Der Schreck vom Vortag steckte allen noch in den Gliedern.

Die drei !!! holten sich Müsli vom Bufett und wollten gerade zu Tom an den Tisch gehen, als Simon hereinkam. Er sah aus, als ob er die ganze Nacht nicht geschlafen hätte.

Tom sprach die Frage aus, die allen auf der Seele brannte: »Hast du Toni gefunden?«

»Nein«, sagte Simon. »Ich hab gesucht, bis es dunkel wurde. Es gab keine Spur von meinem Bruder. Nichts, gar nichts!«

Chrissie versuchte, ihn zu trösten. »Setz dich doch erst mal. Du hast bestimmt noch nicht gefrühstückt.«

»Ich brauche kein Frühstück!«, rief Simon. Er schenkte sich hastig eine Tasse Kaffee ein, die er im Stehen hinunterstürzte. »Es tut mir leid, aber ich kann heute keinen Skikurs halten. Ich muss zurück ins Tal zu meiner Familie und danach werde ich mich dem Suchtrupp anschließen.«

»Natürlich«, sagte Tom. »Mach dir deswegen keine Sorgen. Wir müssen sowieso erst abklären, ob wir überhaupt Ski fahren können.«

Simon stellte die leere Kaffeetasse ab. Er warf einen Blick in die Runde, schien jedoch keinen wirklich zu sehen. »Also dann, ich muss los.«

»Viel Glück!«, rief Chrissie ihm nach.

Als Simon die Tür öffnete, kam ein kalter Luftzug vom Flur herein. Chrissie fing an zu husten und Franzi lief ein Schauer über den Rücken. Schreckliche Bilder flimmerten vor ihren Augen. Toni unter einer Lawine. Mit Armen und Beinen verzweifelt rudernd. Anfangs noch heftig, dann immer schwächer, weil die Schneemassen zu gewaltig waren und weil niemand kam, der ihn aus seinem weißen Gefängnis befreite.

Marie hielt die Stille nicht aus. Sie stand auf und schaltete das Radio an.

Es kamen gerade die Lokalnachrichten. Der Radiosprecher berichtete von dem Lawinenunglück und von einer männlichen Person, die immer noch vermisst wurde. Danach verkündete er: »Weitere Lawinenabgänge sind nicht zu befürchten, da sich die Wetterlage beruhigt hat. Bis auf die Waldabfahrt wurden inzwischen wieder alle Pisten im Skigebiet freigegeben. Wir wünschen unseren Skiurlaubern eine gute und sichere Fahrt.«

Tom sagte laut: »Ihr habt es gehört. Die Pisten sind frei. Dann machen wir es am besten so: Heute Vormittag übernimmt Chrissie die Leitung des Anfängerkurses und ich vertrete Simon. Das Skilaufen wird uns auf andere Gedanken bringen, Leute, da bin ich mir ganz sicher.« Er versuchte, positive Stimmung zu verbreiten. Es klang aber eher danach, als ob er sich selbst Mut machen müsste.

Die Superzicken brachten es fertig, beim Aufstehen schon wieder über belanglose Dinge zu quatschen und zu kichern. Franzi warf ihnen einen strafenden Blick zu. Spontan beschloss sie, ihr Snowboard heute hierzulassen und sich Toms Fortgeschrittenenkurs anzuschließen. Noch einen Tag in Verenas Nähe würde sie sich nicht antun.

Das Skifahren an diesem Vormittag machte keinem so richtig Spaß, obwohl Tom sich extra Mühe gab und ein abwechslungsreiches Programm aus langen und kurzen, rasanten Abfahrten zusammenstellte. Eigentlich war es kein Wunder. Immer wieder kreiste über ihren Köpfen der Rettungshubschrauber. Und jedes Mal flimmerten die schrecklichen Bilder erneut vor Franzis Augen. Sie fühlte sich so hilflos, weil sie nichts tun konnte, um Toni zu retten. Wenn er überhaupt noch zu retten war. Die Überlebenschancen für Lawinenopfer nahmen wahrscheinlich von Stunde zu Stunde rapide ab. Aber daran durfte sie jetzt nicht denken.

Mittags kehrte die Gruppe niedergeschlagen ins Dorf zurück. Chrissie kam zur selben Zeit mit ihrem Anfängerkurs an. Auf ihrem Gesicht glänzten Schweißperlen. Normalerweise hätte Franzi jetzt eine schnippische Bemerkung gemacht. Ob der Ferienjob doch anstrengender war, als Chrissie sich das vorgestellt hatte. Aber die Lust an Seitenhieben gegenüber ihrer Schwester war ihr vergangen.

Beim Abschnallen der Skier schwankte Chrissie

plötzlich. »Mir ist so kalt …«, stöhnte sie. Tatsächlich schlotterte sie am ganzen Körper, obwohl sie gleichzeitig schwitzte.

»Alles in Ordnung?«, erkundigte sich Tom besorgt.

Chrissie stützte sich an der Wand des Skischuppens ab. »Nein, mir … mir geht's nicht gut.«

Jetzt machte sich auch Franzi Sorgen. Das war nicht das übliche wehleidige Jammern, wie sie es von ihrer Schwester kannte. Chrissie sah wirklich schlecht aus. »Lass mich mal fühlen«, sagte Franzi und legte Chrissie die Hand auf die Stirn. Erschrocken zuckte sie zurück. Chrissie glühte. »Ich glaube, du hast Fieber.«

»Dann solltest du sofort ins Bett, Chrissie«, sagte Tom. »Bringt ihr sie in eure Hütte? Ich hole die Krankenschwester.«

Kim und Franzi nahmen Chrissie in die Mitte. Auch ihre Arme fühlten sich heiß an. Chrissie ließ sich ohne Protest ins Bett stecken. Ihre Augen glänzten fiebrig. Plötzlich fing sie an zu husten. Es war ein richtig böser Anfall. Als er vorüber war, krächzte sie heiser: »Mein Hals, mein Kopf… Alles tut weh.«

Die Krankenschwester kam, eine einfühlsame Frau, die auf große Ruhe verbreitete. »Alles wird gut!«, sagte sie. Das Fieberthermometer kletterte auf 39 Grad. Chrissie bekam Wadenwickel, eine Schmerztablette und beruhigende Worte.

»Keine Sorge«, sagte die Krankenschwester zu Franzi. »Deine Schwester wird sich wieder erholen. Ich schaue zwischendurch immer wieder zu ihr rein.« Mit einem aufmunternden Lächeln zog sie sich zurück.

Franzi blieb mit Kim und Marie am Bett sitzen. Chrissie tat ihr leid. So nervig sie ihre Schwester oft fand, sie wünschte ihr von ganzem Herzen, dass sie bald wieder gesund wurde.

Chrissie wälzte sich stöhnend im Bett hin und her. Als sie endlich in einen unruhigen Schlaf fiel, warf sie immer wieder den Kopf herum. Und plötzlich fing sie an, wirre Sätze zu stammeln: »Toni … Simon … so schnell, nein … Hilfe …«

Franzi sah Kim und Marie verwundert an. Dann beugte sie sich über das Bett ihrer Schwester. »Was ist mit Simon und Toni?«

Chrissie schien sie in ihrem Schwebezustand zwischen Wachsein und Träumen nicht zu hören. Sie verstummte. Doch nach einer Weile fing sie wieder an: »Simon … Toni … wartet! Hab gesehen …«

»Was hast du gesehen?«, fragte Kim. »Was meinst du?«

»Gestern … Wettrennen … Simon, Toni … Wettrennen … Lawine …«, flüsterte Chrissie heiser.

»Welches Wettrennen?«, hakte Marie nach.

Chrissie antwortete nicht. Hustend drehte sie sich auf den Bauch. Ihre Atemzüge wurden gleichmäßiger. Anscheinend war sie jetzt in einen Tiefschlaf gefallen.

Kim, Franzi und Marie zogen ihre Skihosen und Anoraks aus und setzten sich im Wohnzimmer auf das Schaffell vor dem Kamin. Die Asche vom Feuer des gestrigen Abends sah kalt und trist aus.

»Was meinte Chrissie bloß mit dem Wettrennen?«, überlegte Franzi laut.

Kim zuckte mit den Schultern. »Keine Ahnung. Vielleicht war es nur ein wirrer Fiebertraum.«

»Oder deine Schwester hat wirklich etwas gesehen«, murmelte Marie.

Franzi kämmte nachdenklich mit ihren Fingern das weiche Schaffell. Ihr Bauchgefühl sagte ihr, dass Maries Vermutung stimmte. Irgendetwas wusste Chrissie. Aber es ergab keinen Sinn. Simon und Toni waren vor dem Lawinenabgang getrennt unterwegs gewesen. Warum sollten sie ein Wettrennen veranstaltet haben? Und warum hatte Chrissie etwas davon mitbekommen? Sie war doch zu der Zeit gar nicht auf der Piste gewesen. Das alles klang auf jeden Fall sehr, sehr merkwürdig.

Da klopfte es an der Tür. Tom steckte den Kopf herein und erkundigte sich, wie es Chrissie ging. Als er hörte, dass sie schlief, nickte er erleichtert. »Kommt mit! Das Mittagessen steht schon auf dem Tisch.«

Franzi merkte erst jetzt, dass ihr Magen schon

seit einer Weile geknurrt hatte. Das Skifahren und die ganze Aufregung um Toni und Chrissie hatten sie hungrig gemacht. Die drei !!! gingen mit Tom zur Haupthütte und versuchten, das leckere Essen zu genießen. Dann kam Hans mit seinem Hund Paco herein. Sofort bestürmten ihn alle mit Fragen.

»Gibt es was Neues?« – »Habt ihr Toni gefunden?« – »Konntet ihr ihn retten?«

Hans befahl Paco, sich unter den Tisch zu legen. Danach ließ sich der Hundeführer erschöpft auf einen Stuhl fallen und grummelte: »Nein, wir haben ihn nicht gefunden.«

Alle umringten ihn und warteten, dass er mehr sagen würde. Als er weiterhin schwieg, fragte Tom ängstlich: »Aber irgendeine Spur wird es doch geben?«

Der Verwalter schüttelte den Kopf. »Nein.«

Marie machte es verrückt, dass man ihm alles aus der Nase ziehen musste. »Jetzt erzählen Sie schon! Haben die Hunde die ganze Strecke noch mal abgesucht?«

Hans Schachner kratzte sich am Schnurrbart. »Natürlich. Aber wer weiß? Wo nichts ist, kann man auch nichts finden.«

»Was wollen Sie damit sagen?«, fragte Franzi erstaunt.

Der Verwalter hob müde die Schultern. »Vielleicht wurde Toni gar nicht von der Lawine getroffen. Ganz sicher weiß keiner, auf welcher Abfahrt er eigentlich unterwegs war. Toni ändert öfter seine Pläne. Er ist ziemlich spontan.«

Die drei !!! sahen sich an. Irgendetwas störte sie. Die Art, wie Hans das Wort »spontan« ausgesprochen hatte, klang eher nach »unzuverlässig«. Es wirkte fast so, als ob er Toni nicht mochte.

»Es gibt also noch keine Spur«, fasste Kim zusammen. »Sie werden aber nicht aufgeben, oder?«

»Nein. Wir suchen weiter. Deshalb muss ich auch jetzt wieder los.« Der Hundeführer stand auf und pfiff leise. Sofort war Paco bei Fuß. Gemeinsam verließen die beiden den Raum.

Kim, Franzi und Marie starrten dem Verwalter nach. In den Köpfen der Detektivinnen schwirrten eine Menge ungelöster Fragen herum. Warum war Hans Schachner so einsilbig gewesen? Hatte er etwas zu verbergen? Hatte er womöglich nicht richtig gründlich nach Toni gesucht, weil er ihn nicht mochte? Oder hatte er, falls Toni nicht von der Lawine getroffen worden war, etwas mit seinem Verschwinden zu tun? Auf jeden Fall verhielt er sich sehr verdächtig.

Im Gemeinschaftsraum begannen wieder halblaut die Gespräche. Verena, Luise und Jasmin holten ein Kartenspiel heraus. Lena versuchte, sich mit ihrer Gitarre abzulenken.

Die drei !!! hatten keine Lust, mit den anderen im Gemeinschaftsraum herumzuhängen. Sie beschlossen, den Rest der Mittagspause in ihrer Hütte zu verbringen, um dort eine Clubsitzung abzuhalten. Als sie in den Flur der Haupthütte traten, hörten sie plötzlich eine unwillige Stimme am Telefon. Sie konnten Hans Schachner nicht sehen, aber er musste irgendwo in der Nähe mit seinem Handy telefonieren. Sicherheitshalber versteckten sich Kim, Marie und Franzi hinter den dicken Winterjacken an der Garderobe und lauschten gespannt.

»Er ist nicht verschüttet worden, glaub mir!«, sagte Hans Schachner. Nach einer längeren Pause, in der sein Gesprächspartner redete, fuhr der Verwalter fort: »Ja, ich weiß. Daran brauchst du mich nicht zu erinnern. Ich bin dran. Bald habe ich Geld, sehr viel Geld ... Du, ich hab jetzt leider keine Zeit mehr. Lass uns später noch mal telefonieren.«

Bevor die drei !!! ihren Lauschposten verlassen konnten, tauchte Hans Schachner plötzlich auf, lief eilig an ihnen vorbei und verschwand hinter der Tür, die zur Bibliothek führte.

Mit klopfenden Herzen warteten die Detektivinnen, was nun passieren würde. Nach exakt sieben Minuten und 31 Sekunden – Marie hatte die Zeit auf ihrem Handy gestoppt – kam der Verwalter aus der Bibliothek und verließ die Haupthütte. Kim, Franzi und Marie schlüpften aus ihrem Versteck.

»Jetzt bin ich aber neugierig, was er hier drinnen gemacht hat«, sagte Franzi.

Gemeinsam mit Kim und Marie betrat sie die leere Bibliothek. Es war still in dem kleinen, holzgetäfelten Raum, der bis zur Decke mit Büchern gefüllt war. Nur ein kaum wahrnehmbares Surren war zu hören. Marie zeigte auf den Tisch, auf dem die zwei Computer mit Internetzugang standen. Ein Bildschirm war schwarz, aber der andere leuchtete ihnen verheißungsvoll entgegen.

»Alles klar«, sagte Kim und steuerte auf den PC zu, an dem wahrscheinlich eben noch Hans Schachner gesessen hatte. Sie klickte die zuletzt verwendeten Dateien an und schüttelte ungläubig den Kopf. Der Verwalter hatte sich tatsächlich nicht mal die Mühe gemacht, seine verräterische Datei zu löschen. »Volltreffer!«, jubelte Kim. »Ich hab was gefunden.«

»Was denn?«, riefen Marie und Franzi gleichzeitig.

Zum Glück hatte Kim gerade einen Speicherstick in ihrer Hosentasche. »Erzähle ich euch später. Ich kopier mir nur schnell die Datei.«

Ein Fundstück im Schnee

Chrissie schlief noch, als die drei !!! in ihre Hütte zurückkehrten. Die Krankenschwester erneuerte gerade die Wadenwickel. »Das Fieber ist schon ein bisschen runtergegangen«, berichtete sie. »Macht euch keine Sorgen.«

Franzi fiel ein Stein vom Herzen. »Das ist gut.« Sie versuchte, sich ihre Ungeduld nicht allzu sehr anmerken zu lassen, bis die Krankenschwester endlich ging und sie wieder ungestört waren.

Kim saß im Wohnzimmer auf der Couch und übertrug die Daten vom Speicherstick auf den Laptop. Aufgeregt setzten sich Marie und Franzi zu ihr.

»Seht euch das an!«, sagte Kim.

Franzi schüttelte ungläubig den Kopf. Kim hatte nicht übertrieben. Die Datei war wirklich ein Volltreffer. Sie enthielt eine Tabelle, in der Hans akribisch Tonis Gewohnheiten und Tagesabläufe festgehalten hatte. Er musste den Skilehrer rund um die Uhr beobachtet haben.

»Warum hat er das bloß gemacht?«, rätselte Marie. »Ist er ein Agent oder so was Ähnliches?«

Franzi wickelte ihre Strickjacke enger um den Körper. Die Heizung lief zwar, aber ohne Feuer im Kamin war es ganz schön kühl in der Hütte. »Keine Ahnung«, sagte sie. »Ich frag mich gerade, ob Hans Toni vielleicht entführt hat und Lösegeld erpressen will.«

Kim nickte. »Klar, das könnte sein! Als Verwalter verdient er wahrscheinlich nicht viel. Seine vielen Nebenjobs sprechen auch nicht dafür, dass er besonders reich ist. Und Tonis Eltern gehört doch dieses edle Hotel im Tal. Jetzt verstehe ich auch, warum Hans vorhin am Telefon gesagt hat, dass er bald viel Geld haben wird! Da kam ihm die Lawine wohl gerade recht ...«

Marie spielte gedankenverloren mit dem Strohgesteck auf dem Couchtisch. »Also käme Geld als Tatmotiv durchaus infrage. Aber dann hätte Simon doch bestimmt schon erzählt, dass Lösegeld gefordert wurde. Und dann haben wir da noch dieses mysteriöse Wettrennen ...« Abrupt richtete sie sich auf. »Ihr wisst, was das heißt, Leute: Wir haben einen neuen Fall!«

Franzi spürte ein angenehmes Kribbeln in ihrem Körper. Das hatte sie immer, wenn die drei !!! nach einer Pause wieder mit ihren Ermittlungen loslegten. »Dann müssen wir unbedingt unseren Powerspruch aufsagen«, schlug sie vor.

Kim tippte auf ihre Armbanduhr. »Ich fürchte, den Powerspruch und die Tabelle müssen wir auf heute Abend verschieben. Die Mittagspause ist um.«

Franzi war hin- und hergerissen. Einerseits freute sie sich aufs Skilaufen, andererseits hätte sie sich am liebsten die Aufzeichnungen des Verwalters noch einmal ganz genau angesehen. Doch als sie dann draußen im Schnee stand und die Skier unter ihren Füßen spürte, überwog wieder die Freude am Sport. Die Sonne blitzte hinter den Wolken hervor. Es war fast windstill. Nichts deutete darauf hin, dass erst gestern das Wetter den Menschen gezeigt hatte, wie hilflos und ausgeliefert sie im Grunde waren. Tom führte beide Gruppen zur Buckelpiste und ließ jeden sein eigenes Tempo wählen. Franzi war natürlich die Schnellste. Es tat ihr gut abzuschalten. In den nächsten drei Stunden dachte sie nur einmal kurz mit schlechtem Gewissen an Felipe. Sie hatte es immer noch nicht geschafft, ihm eine SMS zu schicken. Bei all der Aufregung um Toni war das allerdings auch kein Wunder.

Als die Sonne hinter den Berggipfeln verschwand, fuhren alle zurück zum Tannenwinkel. Die drei !!! schälten sich schnell aus ihren Skianzügen und sahen als Erstes nach Chrissie. Franzis Schwester lag in ihrem Bett, im Rücken zwei Daunenkissen, und las einen Krimi. Sie war blass im Gesicht, aber ihre Augen glänzten nicht mehr fiebrig.

»Wie geht es dir?«, fragte Franzi.

Chrissie lächelte. »Besser. Die Krankenschwester ist ein Engel. Sie hat mich gerettet.« Chrissie berichtete, dass das Fieber fast weg war und sie nur noch der lästige Husten quälte.

Franzi ließ sich erleichtert auf die Bettkante sinken. »Oh Mann! Du hast uns einen ganz schönen Schrecken eingejagt. Ich dachte schon, die müssen dich mit dem Nothubschrauber abholen. Übrigens hast du im Schlaf geredet. Du hast von Toni und Simon und einem Wettrennen gesprochen.«

Chrissie wurde von einem Hustenanfall geschüttelt. Als sie wieder Luft bekam, krächzte sie: »Wettrennen? Quatsch, das hab ich garantiert nicht gesagt!«

Franzi betrachtete forschend das Gesicht ihrer Schwester. Es kam ihr komisch vor, dass ihre Schwester das so vehement abstritt. Verschwieg sie etwas? Franzi wurde den Verdacht nicht los, dass sie irgendetwas wusste.

Marie setzte jetzt all ihren Charme ein und versuchte, etwas aus Chrissie herauszulocken. Vergeblich. Schließlich gaben die drei !!! auf und ließen Chrissie alleine.

Bis zum Abendessen dauerte es noch über eine Stunde. Plötzlich hatte Marie eine Idee. »Kommt, lasst uns in die Sauna gehen!«, schlug sie vor. »Sie funktioniert endlich wieder.«

Kim und Franzi, die beide vom langen Skilaufen durchgefroren waren, hatten nichts dagegen. Kurz darauf lagen sie in der angenehmen Wärme auf ihren Handtüchern. Marie griff nach der Schöpfkelle und machte einen Aufguss. Würziger Alpenkräuter-Duft breitete sich aus.

Kim machte die Augen zu. Wohlig seufzte sie: »Wir haben es gut! Ich wünschte nur, Toni geht es auch gut. Ich darf gar nicht daran denken, dass er irgendwo eingesperrt ist – oder womöglich doch noch unter dieser schrecklichen Lawine liegen könnte.«

»Hör bloß auf«, stöhnte Franzi. »Er lebt. Ich kann nicht glauben, dass er von der Lawine getroffen wurde. Obwohl wir natürlich diese Möglichkeit nicht ausschließen können.«

Marie wischte sich die ersten Schweißperlen von den Armen. »Du hast recht. Bleibt nur die Frage, warum er dann nicht längst aufgetaucht ist. Nach dem jetzigen Ermittlungsstand ist es ziemlich eindeutig, dass unser Verwalter in der Sache mit drinsteckt. Womöglich hat er Toni im Alleingang gerettet und es bloß niemandem erzählt, weil er ihn gleich danach entführt hat.«

»Ja!«, sagte Kim. »Die Lawine passte zu seinem Plan, den er lange vorher gemacht hatte. Hans muss wochenlang an dieser Tabelle gearbeitet haben, um genau zu wissen, wann Toni sich wo aufhält. Letztlich hat er dann die Tabelle gar nicht gebraucht, weil ihm die Lawine Toni direkt vor die Füße gerollt hat.«

Franzi streckte sich. Ihr Körper war jetzt von Kopf bis Fuß wohlig warm. »Das sind doch alles nur Vermutungen! Wir müssen uns Hans vorknöpfen, wir brauchen Beweise.«

»Und Energie!«, fügte Kim hinzu. Sie richtete sich auf und streckte ihre Hand aus.

Franzi hatte auch gerade daran gedacht. Sie liebte das Ritual. Immer wenn die drei !!! einen neuen Fall an Land gezogen hatten oder gerade Energie für ihre Ermittlungen brauchten, zelebrierten sie ihren Powerspruch. Sie hatten es schon an allen möglichen Orten getan, aber noch nie an einem so ungewöhnlichen wie in einer Sauna.

Auch Marie und Franzi richteten sich auf. Feierlich streckten sie die Arme aus und legten ihre verschwitzten Hände übereinander. Dann riefen sie im Chor: *»Die drei !!!«*

Kim sagte: »Eins!«, Franzi »Zwei!« und Marie »Drei!«. Am Schluss warfen sie gleichzeitig die Hände in die Luft und riefen: »Power!!!«

Marie, die am lautesten gerufen hatte, fächelte sich Luft zu. »Jetzt muss ich aber dringend raus, Leute. Sonst zerfließe ich!«

Später auf dem Weg zur Haupthütte – Chrissie musste noch das Bett hüten – piepste Franzis Handy. Felipe hatte ihr eine SMS geschrieben.

Liebste Franzi,
schon drei Tage ohne dich! Du fehlst mir so.
Du bist die Chilischote auf meiner Fajita. Du bist mein Rosenquarz. Du bist die Luft, die ich atme.
Dein Felipe

Franzi konnte sich nicht freuen. Felipes Worte kamen ihr plötzlich aufgesetzt und falsch vor. Er erwähnte mit keinem Wort die letzte SMS. Weil er ein schlechtes Gewissen hatte? Weil er sie angelogen hatte?

Franzi musste wieder an Maries Silvesterparty denken. Wie leidenschaftlich Felipe dort mit ihr getanzt hatte. Sie mochte sein mexikanisches Temperament, aber es war ihr auch ein bisschen fremd. Felipe kam aus einem anderen Kulturkreis. Bist jetzt hatte das für ihre Beziehung keine Rolle gespielt. Aber wer weiß? Vielleicht drückte man in Felipes Heimat beide Augen zu, wenn jemand log?

Plötzlich spurte Franzi einen leichten Stoß in den Rippen.

»Na, hat Felipe dir was Schönes geschrieben?«, fragte Marie. »Darf ich es auch lesen?«

Franzi steckte schnell ihr Handy weg. »Lieber nicht.«

Marie warf Kim einen vielsagenden Blick zu. »Jetzt ist sie rot geworden!«

Als Marie und Kim kicherten, musste Franzi lachen. Dabei war ihr eher zum Heulen zumute. Sie hatte ihren Freundinnen noch gar nichts von der Sache mit Felipe erzählt. Es war so viel passiert, dass sie einfach nicht dazu gekommen war. Und jetzt war wieder nicht der richtige Augenblick. Franzi verschob das Gespräch mit Kim und Marie auf später. Sie verschob auch die SMS, auf die Felipe garantiert sehnsüchtig wartete, auf unbestimmte Zeit.

Beim Abendessen war Toni wieder das einzige Gesprächsthema. Tom befragte Hans Schachner und Simon, der extra vom Tal heraufgefahren war, um im Tannenwinkel vorbeizuschauen. Beide hatten immer noch nichts Neues zu berichten.

Keiner wagte auszusprechen, was alle dachten: Gab es überhaupt noch Hoffnung für Toni? Konnte ein Mensch über 24 Stunden unter einer Lawine überleben?

Franzi ließ ihren Nachtisch stehen, stapelte die Teller aufeinander und trug sie schweigend in die Küche. Als sie zurückkam, stürmte ein Mann mit dunklem Vollbart in den Gemeinschaftsraum. Hans Schachner stellte ihn kurz vor. Bernhard war ein Kollege, der mit seinem Hund Finn den Lawinensuchtrupp verstärkte.

»Was ist los, Bernhard?« Der Verwalter schien verwundert, dass sein Kollege so unerwartet auftauchte.

Bernhard zog einen dunkelblauen Schal aus seinem Skianorak. »Den hat Finn gefunden.«

Ein Erinnerungsfunke schoss durch Franzis Gehirn. Irgendwo hatte sie den Schal schon mal gesehen, sie kam nur nicht darauf, wo.

Simon war bleich geworden. »Wo … wo lag der … Schal?«, fragte er. Jedes einzelne Wort schien ihn unglaublich anzustrengen.

»Ziemlich tief im Schnee, ungefähr in der Mitte des Lawinenabgangs«, erzählte Bernhard. »Ich hab natürlich sofort reagiert. Finn hat fleißig weitergegraben, aber da war nichts.«

Plötzlich fiel es Franzi wieder ein. Gestern, als sie Snowboard gefahren war, hatte Toni einen dunkelblauen Schal getragen!

In dem Moment sagte Simon mit heiserer Stimme: »Der Schal gehört Toni.«

Alle schwiegen entsetzt und schienen dasselbe zu denken: Wenn der Schal schon ziemlich tief im Schnee vergraben war, wie weit unten musste dann erst Toni liegen?

Die drei !!! tauschten betroffene Blicke. Auf einmal schämten sie sich, dass sie Hans Schachner verdächtigt hatten. Hatten sie die schreckliche Katastrophe einfach nur nicht wahrhaben wollen? Hatten sie deshalb krampfhaft nach Hinweisen für einen neuen Fall gesucht? Hans' ehrlich erschrockenes Gesicht deutete auch darauf hin, dass es so war.

Nach einer Pause, die Franzi wie eine Schweigeminute für Toni vorkam, räusperte sich der Verwalter. »Noch wissen wir nicht hundertprozentig, ob Toni der Schal gehört. Viele Einheimische und Urlauber tragen dunkelblaue Schals dieser Marke. Die Schals aus Fleecestoff gibt es im Tal in jedem Sportgeschäft zu kaufen.«

Alle sahen Hans Schachner überrascht an. Dann nickte Tom eifrig. »Ja, du hast recht. Es sei denn, Tonis Name war in dem Schal eingestickt.«

Simon schüttelte den Kopf. »Nein, das war er nicht.«

»Wir dürfen die Hoffnung nicht aufgeben!«, sagte Tom. Er versuchte um jeden Preis, positive Stimmung zu verbreiten.

Bei einigen hatte er Erfolg damit. Nicht bei den drei !!!. Franzi war sich ganz sicher: Sie hatten mit ihren Vermutungen doch nicht falschgelegen. Der Verwalter hatte sich schon wieder verdächtig gemacht. Er hatte zu viele Details erzählt: der Fleecestoff, die Marke, die Sportgeschäfte im Tal … Dabei hatte er den Schal nicht mal in Händen gehabt.

Franzi biss sich auf die Unterlippe, während ihr Gehirn auf Hochtouren arbeitete. Wollte Hans Schachner von sich ablenken, weil er sich Vorwürfe machte, dass er mit seinem Lawinenhund Toni nicht gefunden hatte? Oder wusste er, dass Toni nicht verschüttet war, weil er ihn selbst entführt hatte? Franzi tendierte zur zweiten Version.

Simon warf Hans einen grimmigen Blick zu. »Hör endlich auf, die Sache herunterzuspielen! Damit hilfst du uns überhaupt nicht!«

Rätsel um eine Urkunde

Detektivtagebuch von Kim Jülich
Mittwoch, 06:35 Uhr

Heute bin ich schon um sechs Uhr morgens aufgewacht und konnte nicht mehr einschlafen. Dieser Fall geht mir echt an die Nieren. Es gibt immer noch keine Spur von Toni! Ich will einfach nicht glauben, dass er tot ist. Irgendeine Stimme tief in meinem Innern sagt mir, dass er lebt und dass wir hier ein Verbrechen aufzuklären haben. Franzi und Marie teilen meine Meinung. Wir gehen also fürs Erste davon aus, dass Toni noch lebt und deshalb nicht auftaucht, weil er entführt wurde und versteckt gehalten wird.

Unser Hauptverdächtiger ist Hans Schachner. Das liegt vor allem an dem Telefonat, das wir mitgehört haben, und an der Tabelle mit Tonis Tagesablauf. Der Verwalter hat am Telefon selbst den Grund dafür genannt, warum er glaubt, dass Toni nicht verschüttet wurde. »Viel Geld«, das kann nur das Lösegeld sein, das er gefordert hat, nachdem er Toni entführt hat. Und sein Motiv? Geldsorgen natürlich.

Weitere Verdächtige gibt es bis jetzt nicht. Unklar ist nach wie vor, ob Chrissie zufällig irgendetwas mitbekommen hat, was mit Tonis Verschwinden zu tun haben könnte. Sie ist inzwischen wieder fieberfrei und durfte aufstehen. Leider kann – oder will? – sie sich aber nach wie vor an nichts erinnern, was sie im Fieberzustand erzählt hat.

Die nächsten Ermittlungsschritte sind klar:

1. *Wir müssen Hans Schachner beschatten und hoffen, dass er uns weitere Hinweise gibt.*
2. *Wir brauchen dringend Beweise, um ihn überführen zu können.*
3. *Wir werden mit Simon reden und ihn allgemein zu seinem Bruder befragen (schließlich kennt er ihn am allerbesten). Außerdem werden wir Simon auf das rätselhafte Wettrennen ansprechen, von dem Chrissie erzählt hat, und herausfinden, ob Lösegeldforderungen gestellt wurden.*

Geheimes Tagebuch von Kim Jülich
Mittwoch, 07:01 Uhr

Wenn ich »geheim« schreibe, meine ich auch geheim! Wer sich nicht daran hält und mein Tagebuch trotzdem lesen sollte, wird es bereuen. Ich werde ein Jahr lang kein Wort mit demjenigen sprechen. Bis zum nächsten Silvesterabend. Das ist mein voller Ernst!

Franzi versucht es sich nicht anmerken zu lassen, aber natürlich vermisst sie ihren Felipe sehr. Einer-

seits tut sie mir leid, andererseits beneide ich sie. Ihre Sehnsucht erinnert mich an frühere Zeiten, wenn ich Michi für einige Zeit nicht sehen konnte. Oft wurde mir gerade dann bewusst, wie lieb ich ihn hatte.

Jetzt sind wir schon eine ganze Weile kein Paar mehr. Zum Glück ist der schlimme Liebeskummer der ersten Zeit vorbei. Trotzdem fühle ich mich manchmal einsam, heute zum Beispiel. Zurzeit fallen mir so viele schöne Dinge ein, die wir gemeinsam erlebt haben: unser vierwöchiges Jubiläum, bei dem Michi mir eine silberne Kette mit einem kleinen Anhänger geschenkt hat, auf dem sein Name steht. (Ich hatte die Kette zwischendurch verlegt, habe sie aber wiedergefunden!) Der Tag, an dem wir in den Stamm der alten Linde in Franzis Garten »K + M« geritzt haben. Unsere romantischen Versöhnungen, wenn wir uns vorher gestritten hatten …

Ich muss damit aufhören, sonst werde ich noch ganz wehmütig. Auf der Halloweenparty hab ich Michi das letzte Mal getroffen. Seitdem haben wir immer mal wieder telefoniert und SMS geschrieben – als Freunde. Das gibt's nicht! Ich versuche gerade, mir sein Gesicht vorzustellen, aber ich schaffe es nicht. Dabei kannte ich dieses Gesicht doch in- und auswendig! Ich konnte es jederzeit vor mein inneres Auge holen, Tag und Nacht.

Ich fühle mich schlecht. Als ob ich Michi gar nicht geliebt hätte. Aber ich habe ihn geliebt. Und wie! Warum kann ich mir dann sein Gesicht nicht mehr vorstellen? Weil er schon ein ziemliches Stück weit weggerückt ist aus meinem Leben? Weil unsere gemeinsame Zeit Vergangenheit ist? Ja, das muss es sein.

So schlecht fühle ich mich auf einmal gar nicht mehr. Es ist gut so, wie es ist. Die Kim von damals gibt es nicht mehr. Ich bin durch den Liebeskummer hindurchgegangen, hab neue schöne Erfahrungen gemacht, ohne Michi. Ich lebe hier und jetzt, in der Gegenwart. Und ich werde die Skiwoche genießen, als Single. Jawohl!

Als Kim das letzte Wort in ihr Tagebuch schrieb, wurde Franzi von ihrem Handy geweckt. Felipe schickte eine SMS. Es war schon die dritte Nachricht, auf die sie nicht mehr reagiert hatte.

SOS an Franzi
Bitte melde dich! Geht's dir gut?
Ich mache mir Sorgen um dich.
Dein Felipe

Franzi ignorierte die SMS. Felipe sollte sich lieber um sich selbst Sorgen machen und um das, was er getan hatte. Außerdem hatte sie jetzt weder Zeit noch Lust, ihm zurückzuschreiben.

Die drei !!! kamen zu spät zum Frühstück. Die leckersten Brötchen waren schon weg und Tom drängte gerade zum Aufbruch. »Beeilt euch! Heute machen wir eine Schneewanderung. Ein erfahrener Skitourengeher wird uns begleiten. Wir werden herrlich unberührte Landschaft sehen, fernab von den überfüllten Pisten und Skiliften.«

Normalerweise hätte Franzi sich über die spontane Änderung der Tagesordnung gefreut. Sie mochte Schneewanderungen. Nur heute nicht. Es war offensichtlich, dass Tom sie ablenken wollte. Sie sollten nicht zusehen, wie der Hubschrauber wieder über dem Skigebiet kreiste, um nach Toni zu suchen. Sie sollten das Lawinenunglück vergessen.

Kim und Marie hatten auch keine Lust auf die Schneewanderung. Die Zeit lief ihnen davon. Sie mussten so schnell wie möglich mit den Ermittlungen beginnen.

Marie nahm die Sache in die Hand. Sie ging einfach zu Tom und sagte: »Kim, Franzi und ich würden gerne im Tannenwinkel bleiben. Uns geht's nicht so gut. Vielleicht haben wir uns bei Chrissie angesteckt.« Zum Beweis rieb sie sich mit schmerzverzerrtem Gesicht die Stirn.

»Seid ihr sicher, dass es euch so schlecht geht? Ihr verpasst was ganz Tolles.«

Marie nickte. »Ja, wir sind sicher.«

»Na gut«, sagte Tom. »Aber ihr müsst mir versprechen, dass ihr im Bett bleibt und keine dummen Sachen anstellt. Oder soll Chrissie auf euch aufpassen?«

Franzi schüttelte heftig den Kopf. Sie war heilfroh, dass es ihrer Schwester wieder gut ging. Sie sollte bloß am Ausflug der anderen teilnehmen.

Chrissie war zum Glück nicht scharf darauf, »die Babysitterin zu spielen«, wie sie es nannte. Franzi verkniff sich eine spitze Bemerkung. Sie wollte keinen Streit mit ihrer Schwester anfangen. Die Gruppe zog ab und die drei !!! blieben alleine zurück.

»Geschafft!«, rief Kim erleichtert. »Das war super, Marie. Danke!«

»Gern geschehen.« Marie klappte ihren Taschenspiegel auf, um ihren korallenroten Lippenstift nachzuziehen, der perfekt zu ihrer Strickmütze passte.

»Was haltet ihr davon, wenn wir uns die Aufgaben teilen?«, schlug Franzi vor. »Ich könnte mit dem Snowboard ins Tal düsen und mit Simon reden. Ihr könntet in der Zeit unseren Verdächtigen beschatten.«

In diesem Moment fiel Kims Blick auf die offene Küchentür. Sie hatte freien Blick auf die Spüle. Und wer stand dort im Gespräch mit der Köchin? Niemand anderes als Hans Schachner, der Verwalter.

Kim grinste. »Gute Idee. Ich wollte sowieso in der Küche nachfragen, ob es noch ein Croissant gibt.«

»Also, dann bis später«, sagte Franzi. »Viel

Glück!« Sie schlüpfte in ihren Skianorak und zog energisch den Reißverschluss hoch.

Draußen war keiner mehr von ihrer Gruppe zu sehen. Es war sonnig und knackig kalt. Weiße Atemwolken stiegen aus Franzis Mund. Schnell holte sie ihr Snowboard. Bei den ersten Schwüngen auf dem Board fror sie noch wie ein Schneider. Kurz nach der Mittelstation wurde ihr langsam warm. Franzi nahm die kürzeste Abfahrt. Der Schnee war herrlich pulvrig. Bei der Talstation schnallte Franzi ihr Board ab, stellte es unter und bog nach rechts in die Hauptstraße ein. Es war nicht schwer gewesen, im Internet herauszufinden, wo das Hotel lag, das Simons und Tonis Familie gehörte. Simon hatte den Namen des Hotels einmal kurz erwähnt. Es zählte zu den größten Hotelkomplexen am Ort.

Als Franzi eine Viertelstunde später vor dem vierstöckigen Gebäude stand, pfiff sie leise durch die Zähne. Das 5-Sterne-Haus verband alpenländischen Charme mit moderner Architektur. An das historische Haupthaus mit den bunten Fassadenmalereien schloss ein Nebentrakt im asiatischen Stil an, in dem sich der Wellnessbereich befand.

Für einen kurzen Augenblick wünschte Franzi sich, Marie würde jetzt ihren Part übernehmen. Ihre Freundin hätte sich in so einem Nobelschuppen bestimmt wesentlich wohler gefühlt. Doch dann gab sich Franzi einen Ruck und ging mit erhobenem Kopf durch die gläserne Drehtür.

Die Lobby war in dezentem Landhausstil eingerichtet. Klassische Musik plätscherte aus unsichtbaren Lautsprechern. Die hübschen weiblichen Angestellten an der Rezeption trugen ausnahmslos Dirndl.

»Herzlich willkommen im *Brugger Hotel-Ressort und Spa*. Was kann ich für dich tun?«, fragte eine gepflegte Frau um die fünfzig, die ihre kastanienbraunen Haare zu einer komplizierten Zopffrisur hochgesteckt hatte.

Franzi war so verblüfft über die Begrüßung, die in einem Singsang ohne Punkt und Komma vorgetragen worden war, dass sie ins Stottern kam. »Äh … Ich wollte … mit Simon sprechen.«

»Herr Brugger junior ist gerade in einer Besprechung«, sagte die Frau lächelnd. Sie hieß Helene Maurer und war die Empfangschefin des Hotels, wie Franzi blitzschnell an ihrem Namensschild ablas. »Du kannst gerne nebenan in der Piano-Lounge auf ihn warten. Ich gebe dir dann Bescheid, wenn er frei ist.«

»Vielen Dank, sehr nett von Ihnen!« Franzi hatte sich wieder gefangen. So vornehm wie möglich lief sie über den roten Teppich in den Nebenraum.

Ein großer, schwarzer Flügel hatte der Piano-Lounge ihren Namen gegeben. Er stand etwas erhöht. Drum herum waren braune Clubsessel gruppiert. Franzi ließ sich in einen der Sessel sinken und schälte sich aus ihrem Anorak.

Kaum hatte sie Platz genommen, kam ein Ober zu ihr. »Darf ich Ihnen eine kleine Erfrischung bringen?«

Franzi lehnte gnädig mit einem kaum sichtbaren Kopfschütteln ab, das sie sich bei Marie abgeschaut hatte. »Nein danke, vielleicht später.«

Der Ober zog sich dezent zurück. Franzi sah sich um. Neben dem Piano gab es eine gepolsterte Tür, die nur angelehnt war. Franzi stand auf und schlenderte unauffällig hinüber. Während sie in einem Notenbuch blätterte, das auf dem Flügel lag, lauschte sie. Aus dem Raum hinter der Tür drangen leise Stimmen.

»Wie geht es dir heute, Vater?«, hörte sie Simon fragen.

»Nicht gut«, antwortete Herr Brugger. »Seit zwei Nächten hab ich kaum geschlafen. Ich muss dauernd an Toni denken. Der arme Junge! Mein lieber Sohn …« Er konnte nicht weiterreden, weil seine Stimme versagte.

»Das tut mir leid«, sagte Simon. »Mir geht es ähnlich.« Papiere raschelten. Offenbar saß Simons Vater an einem Schreibtisch.

»Kann ich dich trotzdem etwas fragen?« Simon zögerte. »Ich weiß, es ist nicht gerade der perfekte Augenblick, aber den gibt es wahrscheinlich nicht.«

»Was willst du?« Herr Brugger klang müde.

»Ich wollte fragen, ob wir … ob wir vielleicht die Urkunde durchgehen könnten, von der du gesprochen hast. Du weißt schon, Vater …«

Ein schwerer Stuhl schrammte über den Parkettboden. »Wie kannst du es wagen? Du redest, als ob dein Bruder schon tot wäre!«

»Nein, nein, ich …«, wehrte Simon erschrocken ab.

Herr Brugger ließ ihn nicht ausreden. »Es ist noch lange nicht erwiesen, dass Toni von der Lawine verschüttet wurde. Ich gehe davon aus, dass er lebt, und das solltest du auch tun. Mehr habe ich dir nicht zu sagen.«

Eine peinliche Pause entstand. Dann sagte Simon kaum hörbar: »Entschuldige, Vater. Das war keine gute Idee. Wir reden ein andermal darüber.«

Franzi hörte Schritte. Schnell legte sie das Notenbuch zurück und setzte sich in einen Clubsessel, der weit von der Tür entfernt stand. Simon kam mit hängenden Schultern aus dem Büro seines Vaters. Er sah weder nach rechts noch nach links.

Kurz bevor er die Piano-Lounge verließ, passte Franzi ihn ab. »Simon? Kann ich kurz mit dir sprechen?«

Der Skilehrer drehte sich überrascht um. »Was machst du denn hier?«

»Wir haben heute einen freien Tag«, behauptete Franzi. »Ich kam zufällig an eurem Hotel vorbei und da dachte ich, ich schau spontan bei dir vorbei. Die Sache mit Toni geht mir nicht aus dem Kopf. Ich würde dir so gerne helfen, ihn zu finden.«

Simon fuhr sich mit den Fingern durch die Haare. Hinterher sahen sie verstrubbelter aus als vorher. »Danke, das ist lieb von dir, aber hier sind schon alle Hilfskräfte im Einsatz.«

»Ich hab noch eine Frage«, sagte Franzi. »Weißt du etwas von einem Wettrennen?«

»Nein. Es gab kein Wettrennen zwischen mir und Toni«, antwortete Simon scharf. »Und jetzt entschuldige mich bitte, ich muss los.« Eilig lief er davon.

Franzi blieb ratlos in der Piano-Lounge zurück. Warum war Simon am Ende so kurz angebunden gewesen? Hatte sie etwas Falsches gefragt? Franzi vergrub ihre Hände in den Hosentaschen und grübelte über Simons Antwort nach. Plötzlich stutzte sie. Sie hatte nur allgemein von einem Wettrennen gesprochen. Trotzdem hatte Simon das Wettrennen sofort auf sich und seinen Bruder bezogen. Das konnte im Grunde nur eins bedeuten: Dieses geheimnisvolle Wettrennen zwischen den beiden Brüdern existierte nicht nur in Chrissies Fieberträumen. Es hatte tatsächlich stattgefunden!

Geheimversteck Scheune

»Hmm, ist das lecker!« Kim verputzte das Croissant im Stehen und betrachtete dabei Hans Schachner, dessen Oberkörper zur Hälfte unter der Spüle verschwunden war. »Sie haben mich vor dem Verhungern gerettet.«

Die Köchin lachte. »Soso, das freut mich sehr. Naschkatzen können übrigens jederzeit in meine Küche kommen.« Sie zwinkerte Kim und Marie zu.

»Gut zu wissen«, sagte Marie, die allerdings nicht vorhatte, sich im Skiurlaub ihre Figur zu ruinieren.

Hans Schachner tauchte mit rotem Kopf auf. »Ich hab die Dichtung ausgetauscht. Jetzt dürfte nichts mehr tropfen.« Er packte sein Werkzeug in die Tasche und wehrte den überschwänglichen Dank der Köchin ab. Kim und Marie nickte er nur kurz zu und verdrückte sich schnell.

»Einen schönen Tag noch!«, wünschten die beiden Mädchen der Köchin und machten sich aus dem Staub. Sie sahen gerade noch, wie Hans Schachner auf die Bibliothek zuging. Anscheinend wollte er die Werkzeugtasche in sein Zimmer bringen. Blitzschnell versteckten sich die Detektivinnen in einer Nische im Flur. Kurz darauf erschien der Verwalter wieder im Skianorak und mit Paco an der Leine. Vor der Nische schnüffelte Paco plötzlich, dann fing er an zu knurren. Kim und Marie pressten ihre Körper gegen die Wand und wagten kaum zu atmen.

»Was soll das?« Unwillig zerrte der Verwalter an der Leine. »Komm, Paco!«

Ein letztes leises Knurren und schon gehorchte Paco. Die beiden verschwanden um die Ecke.

»Das war knapp!«, stöhnte Kim, als die Gefahr vorüber war.

Sie hatte einen Riesenrespekt vor Hunden, sobald sie die Größe von Schoßtieren überschritten.

Marie ging es ähnlich, obwohl sie das nie zugegeben hätte. Sie gaben Hans Schachner ein paar Sekunden Vorsprung. Dann liefen sie in den Flur, schnappten sich ihre Jacken und folgten ihm hinaus in die kalte Winterluft. Der Verwalter stapfte mit seinem Hund in Richtung Mittelstation. Kim und Marie folgen den beiden unauffällig.

Bald schwebte die Gondel mit Hans Schachner, Paco, Kim und Marie ins Tal, wobei der Hundeführer seine Verfolgerinnen wegen des Gedränges zum Glück nicht bemerkte. Im Tal angelangt, hefteten sie sich als unsichtbare Schatten an die Fersen des Verdächtigen. Der Verwalter ging in einen

Supermarkt, wo er Brot und Salami kaufte. Paco, der auf einen Leckerbissen hoffte, wedelte begeistert mit dem Schwanz. Ab diesem Zeitpunkt setzte er seine Spürnase nur noch für die Wurst ein.

Nach dem Einkauf lief Hans Schachner mit seinem Hund die Hauptstraße entlang in Richtung Norden. Schließlich stoppte er vor dem Grundstück eines alten Bauernhauses, das offensichtlich nicht mehr bewohnt wurde. Er öffnete das Gartentor und steuerte auf eine Scheune neben dem Haupthaus zu. Knarrend fiel das verwitterte Tor hinter ihm und Paco zu. Kim und Marie hörten, wie der Verwalter von innen einen Riegel vorschob. Danach wurde es still.

»Und jetzt?«, flüsterte Marie.

Kim zeigte nach rechts und machte eine kreisende Handbewegung. Zum Glück lag der Schnee rund um die Scheune so hoch, dass er jedes Geräusch ihrer Schritte verschluckte. Leise schlichen sie an der Bretterwand entlang zur Rückseite der Scheune. Dort entdeckten sie eine herausgebrochene Latte, die jemand notdürftig mit ein paar Nägeln wieder befestigt hatte. Die Arbeit war so schlecht ausgeführt worden, dass ein handbreiter Spalt übrig geblieben war. Kim und Marie grinsten sich triumphierend an.

Marie lugte als Erste durch den Spalt. Im Inneren der Scheune war es ziemlich dunkel. Außer einer Leiter und ein paar aufgestapelten Heuballen konnte sie nicht viel erkennen. Aber als sie ihr Ohr an die Bretterwand legte, hörte sie etwas rascheln. Es klang seltsam, wie wenn jemand mit den Händen trockene Herbstblätter berührte.

Kim tippte Marie ungeduldig auf die Schulter. Sie wollte endlich auch auf den Beobachtungsposten. Nachdem sich ihre Augen an die Dunkelheit gewöhnt hatten, konnte Kim schemenhaft die Gestalt des Verwalters wahrnehmen. Er kehrte ihr den Rücken zu.

Und da war es wieder, das merkwürdige Rascheln. Vielleicht waren es Papiere, die Hans durchblätterte?

Auf einmal fing der Verwalter halblaut an zu reden. Doch sosehr sich Kim auch anstrengte, seine Stimme war zu leise. Sie konnte kein Wort verstehen. Nur eines wurde ihr schnell klar: Hans Schachner sprach nicht mit Paco. Seinem Hund gegenüber hatte er einen ganz speziellen, energischen Ton. Jetzt redete er freundlicher. Trotzdem spürte Kim, wie sich ihre Nackenhaare aufstellten. Es schwang etwas Gefährliches in seiner Stimme mit. Stand er gerade vor seinem Entführungsopfer? Bedrohte er den armen Toni, der sich nicht wehren konnte, weil Hans Schachner ihn gefesselt und geknebelt hatte?

Wut stieg in Marie hoch. Sie war kurz davor, mit der Faust die Latte einzuschlagen, in die Scheune zu stürzen und Toni zu befreien. Mit

Überraschungsaktionen hatten die drei !!! schon öfter gute Erfahrungen gemacht.

Marie versuchte Kim mit Zeichensprache klarzumachen, was sie vorhatte, da schlug plötzlich Paco an. Er bellte wütend. Seine Pfoten kratzten über den Holzboden. Sein Bellen kam näher. Gefährlich nah. Er hatte sich den Geruch eingeprägt, als er an der Nische vorbeigelaufen war. Er hatte sie wiedererkannt!

Kim und Marie sahen sich panisch an. Noch einmal würde Paco sich nicht von seinem Herrchen beruhigen lassen.

»Ist da jemand?«, hörten sie prompt die misstrauische Stimme des Verwalters.

Kim und Marie machten auf dem Absatz kehrt. So schnell ihre Beine sie trugen, rannten sie um die Scheune herum, rissen das Gartentor auf und flüchteten. Pacos heiseres Bellen verfolgte sie bis zur Hauptstraße, als sie längst in Sicherheit waren.

Keuchend blieb Marie vor einem Souvenirladen stehen. »Dieser Mistkerl! Er hat Toni in der Scheune eingesperrt, da bin ich mir sicher! Ich schäme mich so. Wir hätten Toni befreien müssen.«

Kim seufzte. »Gegen Paco und Hans hätten wir keine Chance gehabt. Wir werden zurückkommen, am besten noch heute Abend. Wir lassen Toni nicht im Stich!«

»Und wir nehmen Franzi als Verstärkung mit.

Ich schicke ihr eine SMS, dass wir uns gleich hier im Tal zur Lagebesprechung treffen.« Marie schob die Sonnenbrille zurück ins Haar. Ihre blauen Augen blitzten vor Entschlossenheit, als sie ihr Handy aus der Anoraktasche holte. »Zu dritt sind wir unschlagbar!«

Unschlüssig stand Franzi in der Lobby des Hotels und überlegte, was sie tun sollte. Da winkte die Empfangschefin sie an die Rezeption.

Als Franzi zu ihr hinging, sagte sie mit einem bedauernden Lächeln: »Herr Brugger hat leider einen dringenden Termin. Vielleicht möchtest du ihm eine Nachricht hinterlassen?« Frau Maurer schob Franzi Notizblock und Kugelschreiber hin. »Bitte schreib auch deinen vollständigen Namen auf.«

»Vielen Dank, das ist nicht nötig. Ich habe bereits kurz mit Simon gesprochen. Es ging um den Skikurs, den wir bei ihm gebucht hatten.« Plötzlich hatte Franzi eine Idee. »Simon ist so ein toller Lehrer!«, schwärmte sie begeistert. »Seine Tipps sind unglaublich motivierend.«

Das höfliche Lächeln der Empfangschefin verwandelte sich in ein Strahlen. »Das freut mich. Ja, Simon ist wirklich großartig!«

»Sie kennen ihn schon länger?«, hakte Franzi sofort nach.

Frau Maurer nickte eifrig. »Ich kenne Simon

und seinen Bruder praktisch seit ihrer Geburt. Ich war ihre Kinderfrau.«

Franzi machte vor Freude innerlich einen Luftsprung. Die Empfangschefin schien ins Plaudern zu kommen. »Das ist ja toll! Waren die beiden als Kinder auch schon so nett?«

»Nett ist gar kein Ausdruck!« Frau Maurer hatte völlig vergessen, dass sie eigentlich die Rolle der freundlichen, aber distanzierten Hotelangestellten spielen sollte. »Jeder hat sie sofort ins Herz geschlossen. Sie waren unzertrennlich. Machten alles gemeinsam. Da war immer so ein unsichtbares Band zwischen den beiden ... Wie soll ich es erklären? ... Ein Band der Harmonie!«

»Das hört sich schön an«, sagte Franzi. Sie stützte sich auf den Tresen und beobachtete jede Regung im Gesicht der Empfangschefin. Die Art, wie sie das gute Verhältnis der Brüder betonte, klang ein bisschen übertrieben, aber anscheinend war Frau Maurer ein besonders mütterlicher, emotionaler Typ.

Franzi holte tief Luft, bevor sie die entscheidende Frage stellte. »Es tut mir so leid ... Ich meine das mit dem Lawinenunglück und mit Toni. Haben Sie auch von dem Wettrennen gehört?«

Die Mundwinkel der Empfangschefin zuckten ganz leicht. Plötzlich wurde ihr klar, dass sie aus ihrer Rolle gefallen war. »Das mit Toni ist wirklich schrecklich. Ich hoffe, sie finden ihn schnell. Aber von einem Wettrennen weiß ich nichts«, antwortete sie, jetzt wieder mit ihrem professionellen Lächeln.

»Aber früher sind Simon und Toni bestimmt oft gemeinsam Ski gelaufen und haben sicher immer mal wieder ein Wettrennen veranstaltet?«, fragte Franzi.

Frau Maurer ordnete die Hausprospekte, bis sie mit allen Kanten exakt aufeinanderlagen. »Ja, sicher. Die Kinder hier im Tal laufen oft um die Wette. Simon und Toni waren da keine Ausnahme.«

»Und wer war der bessere Skiläufer?« Franzi ließ nicht locker. »Ich kann mir vorstellen, dass es Toni gewesen ist.«

Die Empfangschefin hob die Schultern. »Sie waren beide gut. Simon war schon immer ehrgeizig und konnte manchmal ganz schön temperamentvoll sein. Toni war früher schon ruhiger und sensibler.« Als sie von Toni sprach, hatte sie einen versonnenen Gesichtsausdruck und ihre Stimme wurde weich.

In Franzis Hosentasche vibrierte ihr Handy. Rasch brachte sie das Gespräch zum Ende. »Der Lawinensuchtrupp wird Toni schon finden! Ganz bald.« Sie verabschiedete sich von der Empfangschefin, die jetzt ziemlich nachdenklich wirkte. Danach verließ Franzi das Hotel und las Maries SMS.

Von wegen Harmonie!

»Hier lässt es sich aushalten!«, seufzte Marie zufrieden und lehnte sich in ihrem Korbstuhl zurück.

Kim, Franzi und Marie hatten den schönsten Platz im *Café Bergblick*, einem Lokal am südlichen Ortsrand, ergattert. Sie saßen im Wintergarten direkt am Fenster mit Blick auf das Bergpanorama, Vor ihnen standen drei dampfende Tassen Kakao, der mit dem Aroma von Mozartkugeln verfeinert war.

Genießerisch nahm Kim den ersten Schluck. »Lecker! Fast so gut wie unser *Kakao Spezial* mit Vanille-Aroma. Und diese Sachertorte hier zergeht auf der Zunge!«

Franzi sah ihrer Freundin amüsiert beim Schlemmen zu. Sie selbst hatte nach einem halben Stück Torte aufgegeben, weil ihr die Kalorienbombe einfach zu mächtig war. »Also, wie ist es bei euch gelaufen?« Franzi wollte so schnell wie möglich auf den neuesten Stand der Ermittlungen gebracht werden.

»Ganz gut«, sagte Marie. Sie erzählte von der Beschattungsaktion, der Scheune und dem dringenden Verdacht, dass Hans Toni dort versteckt hielt.

Franzi schlug mit der Faust auf den Tisch. »Der Mistkerl! Wahrscheinlich telefoniert er jetzt gerade mit Tonis Vater und verlangt eine horrende Summe als Lösegeld. Anscheinend spielt bei der Familie Brugger Geld keine Rolle, aber bisher haben wir keinen Hinweis, dass eine Lösegeldforderung bei seinem Vater eingegangen ist.«

»Wir müssen Toni befreien«, sagte Kim energisch. »Ich hab auch schon eine Idee, wie wir das anstellen können. Aber erst musst du erzählen, Franzi, was bei dir passiert ist.«

Kim und Marie lauschten mit offenen Mündern, während Franzi von dem Gespräch zwischen Herrn Brugger und Simon über eine gewisse Urkunde, dem kurzen Treffen mit Simon und von ihrer aufschlussreichen Unterhaltung mit der Empfangschefin berichtete.

»Simon hat sich ziemlich seltsam verhalten, finde ich«, stellte Marie fest. »Es gab ein Wettrennen zwischen ihm und Toni, da bin ich mir sicher. Und dass Simon es plötzlich so eilig hatte, bedeutet, dass auch er etwas zu verheimlichen hat. Und was diese rätselhafte Urkunde angeht …«

Kim stellte ihre Tasse so abrupt ab, dass der Kakao über den Rand schwappte. »Wisst ihr, was ich gerade denke? Vielleicht hat *er* ja seinen Bruder entführt. Oder Hans Schachner und er stecken unter einer Decke! Sie könnten Toni gemeinsam entführt haben.«

Die Vermutungen klangen zu verrückt, um wahr zu sein. Aber Franzi hatte in ihrer Laufbahn als Detektivin schon öfter böse Überraschungen erlebt. Gerade die besten »Freunde« oder Verwandte der Opfer entpuppten sich manchmal als Täter. »Ja, vielleicht hast du recht«, sagte Franzi zögernd. »Wenn wir nur mehr über dieses Wettrennen, die Urkunde und den Plan über Tonis Tagesablauf wüssten. Für mich ergibt das alles immer noch keinen Sinn.«

»Für mich auch nicht«, stöhnte Marie. »Um mehr über das Wettrennen herauszufinden, müssen wir uns noch mal dringend Chrissie vorknöpfen. Aber jetzt brauche ich erst mal eine kurze Pause zum Nachdenken.« Sie angelte sich ihr Schminketui aus der Handtasche und verschwand in Richtung Damentoilette.

Kim und Franzi blieben schweigend am Tisch zurück. Franzi zerbrach sich den Kopf über Simons Tatmotiv. Geld konnten sie ausschließen, weil er aus einer wohlhabenden Familie stammte. Aber was war es dann? Eifersucht? Unwahrscheinlich. Die Brüder verstanden sich doch gut, das hatte sie am ersten Tag selbst erlebt. Und das hatte ihr auch die Empfangschefin im Hotel bestätigt. Was auch immer Simons Motiv sein mochte, jetzt mussten sie erst einmal Toni befreien und dann den Täter überführen!

Kim bestellte eine Linzer Schnitte, um sich mit neuer Nervennahrung zu versorgen. Als die Schnitte gebracht wurde, mussten sie bezahlen, weil die Bedienung Schichtwechsel hatte. Kim legte den Betrag für Marie aus.

Plötzlich schoss Marie auf ihren Tisch zu. »Los, kommt mit, sofort!«

»Aber ich hab doch noch gar nicht aufgegessen!«, rief Kim.

Marie ignorierte ihren Protest und zerrte sie unsanft vom Stuhl hoch. »Ich hab was gesehen!«

Spätestens jetzt war Kim klar, dass es sich um einen Ernstfall handelte. Die drei !!! rannten aus dem Café.

»Da vorne, ist das nicht Toni? Er ist gerade aus dem Haus neben unserem Café gekommen.« Marie zeigte auf eine männliche Gestalt, die eilig den Gehsteig entlanglief. Sie war dick vermummt mit Mütze und Schal und steckte in einem dunklen Anorak. Leider sahen sie nur ihren Rücken. Außerdem war der Mann schon ziemlich weit weg.

»Keine Ahnung«, sagte Franzi verwirrt. Sie hätte Toni in der Scheune vermutet, vielleicht auch in der Nähe der Waldabfahrt, begraben unter Unmengen von Schnee – nur nicht alleine hier im Dorf.

Kim, die sich von allen Menschen, denen sie zum ersten Mal begegnete, die genaue Personenbeschreibung einprägte, kniff die Augen zusammen. »Von der Statur her könnte er es sein. Los, hinterher!«

Sie sprintete los, wurde aber bald von Franzi und Marie überholt. Franzi, die Sportlichste der drei !!!, gab alles. Sie holte den Vorsprung des Mannes auf. Nur noch ein paar Meter trennten sie von ihm. Gleich würde sie wissen, ob es wirklich Toni war.

Plötzlich hielt ein schwarzes Auto mit quietschenden Bremsen neben dem Mann. Die Beifahrertür wurde aufgerissen. Blitzschnell stieg der Mann ein und der Wagen brauste davon. Franzi hatte gerade noch genug Zeit, sich das Kennzeichen zu merken. Um es nicht zu vergessen, schrieb sie es sofort mit einem Kugelschreiber auf ihren Handrücken.

Da kam auch schon Marie angelaufen, gefolgt von Kim, die sich die Mütze vom Kopf riss, weil ihr vom Laufen warm geworden war.

»Konntest du ihn noch erkennen?«, fragte Marie atemlos. »Hast du sein Gesicht gesehen?«

Franzi schüttelte den Kopf. »Leider nicht. Nicht mal beim Einsteigen hat er sich umgedreht.«

»Mist!«, schimpfte Kim. »Wir waren so dicht dran.«

Enttäuscht blieben die drei !!! auf dem Gehsteig

stehen und starrten dem schwarzen Auto nach, das schon bald um die Ecke verschwand.

»Hab ich das jetzt geträumt oder ist das wirklich passiert?«, murmelte Franzi. »Autsch!«, rief sie, als Marie ihr in den Arm kniff.

»Ich wollte dir nur beweisen, dass es real war«, sagte Marie mit unschuldigem Augenaufschlag.

Franzi rieb sich den schmerzenden Arm. Dabei schossen ihr lauter brennende Fragen durch den Kopf. War das eben Toni gewesen? Wenn ja, war er freiwillig ins Auto gestiegen? War er gerade auf der Flucht vor seinem Entführer? Vor Hans oder vor Simon? War einer der beiden der Fahrer des Autos gewesen? Brachte er seine Geisel an einen anderen, noch sichereren Ort?

»Komm, sag mir mal das Autokennzeichen«, forderte Kim Franzi auf. »Ich simse es an Kommissar Peters. Er soll den Halter des Fahrzeugs für uns herausfinden.«

»Gute Idee«, sagte Franzi. Kommissar Peters war mit Maries Vater befreundet und hatte den Detektivinnen schon oft bei ihren Ermittlungen geholfen. Er hielt große Stücke auf ihre Arbeit, war aber leider manchmal ein bisschen überängstlich. Kaum hatte Kim die SMS abgeschickt, klingelte ihr Handy. Es war der Kommissar höchstpersönlich. Kim stellte den Lautsprecher an, damit Marie und Franzi mithören konnten. »Sagt bloß, ihr seid schon wieder in einen neuen Fall hineingeraten!«, sagte Kommissar Peters und ohne Kims Antwort abzuwarten: »Wie oft soll ich euch noch warnen, wie gefährlich das werden kann?«

»Es geht uns gut«, versuchte Kim ihn zu beruhigen. »Wir sind in Österreich im Skiurlaub.« Sie versicherte, dass sie den Fall voll im Griff hätten. Sie bräuchten nur die Info über den Halter eines Fahrzeugs.

»Hm, die Gemeinde, in der das Auto zugelassen wurde, kommt mir bekannt vor«, sagte Kommissar Peters nachdenklich. »Moment mal! Seid ihr etwa in dem Ort, an dem vorgestern das Lawinenunglück passiert ist?«

»Ja, schon ...«, fing Kim an.

Der Kommissar ließ sie nicht ausreden. »Was auch immer ihr gerade tut, ihr müsst mir versprechen, dass ihr sofort damit aufhört!«

Kim hielt eine Hand auf die Lautsprecheröffnung und stöhnte. Dann nahm sie die Hand wieder weg und redete mit Engelszungen auf Kommissar Peters ein. Dass sie natürlich wie immer äußerst vorsichtig vorgehen würden und wirklich nur den Namen des Fahrzeughalters bräuchten.

Der Kommissar blieb stur. Er weigerte sich, ihnen mit einer Auskunft über das Autokennzeichen zu helfen, und drängte Kim, ihm alle Details der bisherigen Ermittlungen weiterzugeben, damit sich die Polizei vor Ort einschalten konnte.

»Das würde ich ja gerne tun«, sagte Kim geduldig. »Aber bis jetzt ist noch gar kein Verbrechen passiert. Wir haben nur vage Vermutungen.«

Endlich beruhigte sich Kommissar Peters. Beim Thema Autokennzeichen konnte sie ihn leider nicht umstimmen. Enttäuscht legte sie auf. »So was Blödes! Jetzt sind wir genauso weit wie vorher.«

»Wir werden es auch ohne den Kommissar schaffen, Toni zu finden«, tröstete Marie.

Franzi war sich da nicht so sicher. Es gab zu viele verwirrende Spuren in diesem Fall.

Kim steckte ihr Handy ein. Dabei fiel ihr auf, wie spät es schon war. Wenn sie zum Mittagessen wieder im Tannenwinkel sein wollten, mussten sie bald den Skilift nehmen. Bedrückt machten sich die Detektivinnen auf den Heimweg. Kurz hinter dem *Café Bergblick* hörten sie plötzlich Kirchenglocken und Kinderlärm. Offenbar war der Kindergottesdienst gerade aus. Aus der Kirche stürzten die Kinder wie eine wilde Horde heraus.

Der Pfarrer, der mit seiner runden Brille ein bisschen wie ein Märchenonkel aussah, versuchte, die Bande in den Griff zu bekommen. »Langsam, langsam!«, mahnte er.

Die Kinder achteten nicht auf ihn. Lachend schoben sie ihn zur Seite und rannten weiter. Irgendwann gab der Pfarrer auf. Seufzend schob er seine Brille höher auf die Nase und murmelte:

»Diese Kinder heutzutage! Die sind ja noch wilder als Simon damals …«

Kim, Franzi und Marie blieben wie angewurzelt stehen. »Haben Sie eben von Simon Brugger gesprochen?«, fragte Marie.

Der Pfarrer sah sie freundlich an. »Ja, das habe ich. Kennt ihr ihn denn?«

»Ja! Er ist der Skilehrer von mir und meinen Freundinnen hier«, erzählte Marie. »Wir mögen ihn alle total gern.« Plötzlich hatte sie eine Idee. »Das mit seinem Bruder Toni und dem Lawinenunglück ist wirklich furchtbar. Wir würden Simon gerne zur Aufmunterung ein kleines Buch mit Erinnerungen basteln«, behauptete sie. »Seine alten Freunde sollen darin natürlich auch vorkommen. Mit wem war Simon denn früher befreundet?«

Der Pfarrer schöpfte keinen Verdacht. Bereitwillig gab er Auskunft. »Ja, der arme Toni … Also Simon und er waren eng mit Hans Schachner befreundet, unserem Lawinenhundführer. Die Freundschaft dauerte fast die ganze Schulzeit über an. Später gab es dann Streit, ich glaube, wegen eines Mädchens. Die drei sind furchtbar aneinandergeraten. Ich kann mich noch gut erinnern, weil ich vergeblich versucht habe zu schlichten. Ab diesem Zeitpunkt gingen sie getrennte Wege und wollten nichts mehr voneinander wissen. Selbst heute, Jahre später, ist zwischen ihnen immer noch eine Art Feindschaft. Tja, und dann gab's da noch den Florian, der …«

Marie unterbrach den Pfarrer und strahlte ihn an. »Tausend Dank! Sie haben uns sehr geholfen.«

»Jetzt müssen wir leider ganz schnell los«, sagte Kim. »Sonst verpassen wir den Skilift.«

Die drei !!! ließen den verdutzten Pfarrer stehen und rannten weiter.

Im Laufen sagte Franzi: »Das war ja echt interessant. Was für ein Zufall, dass wir den Pfarrer getroffen haben!«

»Allerdings«, sagte Marie. »Eins hätten wir wenigstens geklärt: Simon steckt doch nicht mit Hans unter einer Decke, ihre Freundschaft scheint endgültig vorbei.«

Kim nickte. »Ja, das würde keinen Sinn ergeben. Sein Tatmotiv fand ich sowieso sehr wackelig. Er hat sich doch so gut mit seinem Bruder verstanden. Als reicher Sohn hat er auch genug Geld und kein Motiv, Lösegeld für eine Entführung zu … zu erpressen.« Kim blieb keuchend stehen, weil sie Seitenstechen bekommen hatte.

»Los, jetzt nicht schlappmachen!«, spornte Franzi ihre Freundin an. »Die letzten Meter schaffst du auch noch!«

Nächtliche Rettungsaktion

Es fiel nicht weiter auf, dass die drei !!! ein bisschen zu spät zum Mittagessen kamen. Tom war so k. o. nach der anstrengenden Skiwanderung, dass er keine Fragen stellte. Die Superzicken waren zum Glück auch schachmatt gesetzt. Verena war sogar zu erschöpft, um ihren Nachtisch zu essen. Sie gähnte herzhaft, stand auf und verließ mit ihren Freundinnen den Gemeinschaftsraum.

Franzi sah ihr hinterher und auf einmal wurde ihr Herz schwer. Den ganzen Vormittag über hatte sie nicht an Felipe gedacht, weil der Fall sie so in Atem gehalten hatte. Auf eine weitere SMS von ihm hatte sie auch nicht reagiert. Aber durch Verena war Felipe plötzlich wieder ganz nah gerückt. Viel zu nah. Tief in Franzi bohrte eine quälende Frage: Hatte sie sich in ihm getäuscht? Hatte sie sich von ihm blenden lassen?

Franzi war so in Gedanken, dass sie Kims forschenden Blick nicht bemerkte. Erst als Kim sie direkt ansprach, zuckte sie zusammen.

»Du denkst bestimmt gerade an Felipe, oder?«, fragte Kim. »Vermisst du ihn sehr?«

Franzi wusste nicht, was sie antworten sollte. Sollte sie Kim und Marie endlich von dem Diebstahl und Felipes Lüge erzählen? Früher oder später würden sie es sowieso erfahren. Franzi zögerte den Augenblick der Entscheidung heraus. Und dann verließ sie der Mut. Wenn sie über diese schreckliche Sache reden würde, würde es nur noch mehr wehtun.

»Natürlich vermisst sie ihn«, sagte Marie. »Mensch, Kopf hoch, Franzi! Nur noch drei Tage, dann bist du wieder mit deinem süßen Felipe vereint. Und bis dahin haben wir hoffentlich unseren Fall gelöst.«

Franzi nickte. Plötzlich spürte sie wieder neuen Mut. Der Fall war ihr Rettungsanker. Sie würde all ihre Energie darauf verwenden, Tonis Verschwinden aufzuklären. Entschlossen stand sie auf. »Kommt, lasst uns mit Chrissie über das Wettrennen reden!«

Der Zeitpunkt passte. Franzis Schwester brach auch gerade auf. Gemeinsam gingen sie zu ihrer Hütte hinüber. Im Freien fing Chrissie wieder an zu husten.

»Brauchst du vielleicht einen Hustensaft?«, bot Kim an. »Bei uns hat der Saft heute Morgen super gewirkt. Wir hatten ja auch einen kleinen Anflug einer Erkältung, aber die ist jetzt zum Glück wieder ganz weg. Na, was meinst du? Hustensaft?«

Chrissie zog erstaunt die Augenbrauen hoch. »Oh … ja, das wär toll. Danke!«

Kim zwinkerte Franzi und Marie zu und machte sich schnell auf den Weg. Als sie zurückkam, hatten ihre Freundinnen Chrissie aufs Sofa verfrachtet, in zwei Decken gehüllt und ihr Kräutertee gekocht.

»Ihr seid aber lieb zu mir!« Franzis Schwester war ein bisschen überrascht über die plötzliche Freundlichkeit, aber sie genoss die Sonderbehandlung sichtlich.

Kim gab Chrissie einen Löffel voll Hustensaft. Währenddessen beschloss Franzi, es mit der Überrumpelungstaktik zu versuchen. »Wir wissen übrigens inzwischen, dass es ein Wettrennen zwischen Simon und Toni gab. Und du warst dabei.«

Ihre Schwester verschluckte sich am Saft und musste heftiger husten als zuvor. Marie klopfte ihr beruhigend auf den Rücken. »Geht's wieder?«

»Ja, ja …«, krächzte Chrissie. Sie sah die drei !!! mit einer Mischung aus Bewunderung und Verärgerung an. »Ihr müsst eure neugierigen Nasen überall hineinstecken, was? Na schön. Wenn ihr es sowieso schon wisst: Ja, ich hab zufällig gesehen, wie Toni und Simon kurz vor dem Lawinenabgang ein Wettrennen veranstaltet haben. Ich war vorgestern in der Mittagspause kurz draußen.«

Von wegen kurz! Auf einmal fiel es Franzi wie

Schuppen von den Augen. Chrissie hatte gesagt, dass sie noch etwas zu erledigen hätte. Wahrscheinlich hatte sie bewusst auf der Piste nach Simon gesucht, weil sie den Flirt mit ihm vertiefen wollte.

»Das ist ja spannend«, sagte Marie. »Erzähl mal! Was hast du beobachtet?«

Chrissie nahm zuerst einen Schluck Tee. Sie stellte die Tasse ab und vermied es, die Detektivinnen direkt anzusehen. »Nicht viel. Beide sind sehr schnell auf der Piste unterwegs gewesen. Dann lag Simon in Führung. Aber wie das Rennen ausgegangen ist, weiß ich nicht. Ich bin den beiden nicht nachgefahren. Ich musste wieder zurück zum Tannenwinkel, schließlich kann ich als Aufsichtsperson die Gruppe nicht so lange allein lassen.«

»Alles klar.« Kim nickte. Sie hatte ihr Heft herausgeholt, das sie als Detektivtagebuch für unterwegs benutzte, und alles mitgeschrieben.

Franzi kannte ihre Schwester gut genug. Mehr würde sie nicht herausrücken. Franzi war sich ziemlich sicher, dass Chrissie nur einen Teil der Wahrheit erzählt hatte. Den Rest verschwieg sie nach wie vor. Aber wenigstens hatte sie endlich zugegeben, dass das Wettrennen nicht nur in ihren Fieberträumen stattgefunden hatte.

»Danke dir«, sagte Marie. Sie stand am Fenster und sah plötzlich, dass Simon draußen vorbeiging. Schnell gab sie Kim und Franzi ein Zeichen und beendete das Gespräch. »Du solltest dich jetzt ausruhen«, sagte sie im Krankenschwester-Ton zu Chrissie. »Du bist noch vom Fieber geschwächt.«

»Gute Besserung weiterhin!« Kim schenkte Franzis Schwester Tee nach. Dann ließen die drei !!! Chrissie alleine in der Hütte zurück und machten sich auf die Suche nach Simon. Um keine Zeit zu verlieren, gingen sie ohne Jacken raus.

Sie fanden den Skilehrer am Teich, wo er auf die Eisschollen starrte. Er trug keine Handschuhe.

»Hallo, Simon«, sagte Franzi leise.

Der Skilehrer drehte sich um. »Du schon wieder! Was willst du? Ich hab jetzt wirklich keinen Nerv für Kinderkram.«

»Es dauert nur ganz kurz«, versicherte Franzi. »Wir wollten dich nur noch mal wegen des Wettrennens was fragen. Du warst doch vor dem Lawinenunglück mit Toni auf der Piste, oder?«

Simons rechtes Augenlid zuckte. »Das würdest du wohl gerne wissen, was?«

Franzi ließ sich nicht so leicht abwimmeln. »Wir wissen, dass es stimmt.«

Simon antwortete nicht, aber da er nicht widersprach, interpretierte Franzi sein Schweigen als Zustimmung.

»Warum habt ihr dieses Wettrennen eigentlich gemacht?«

Der Skilehrer zuckte mit den Schultern. »Ach,

nur so. Es gab keinen besonderen Grund.« Er versuchte gleichgültig zu wirken, war es aber offensichtlich nicht.

»Du hast doch sicher mitbekommen, was dann passiert ist«, hakte Kim nach. »Wo wurde Toni von der Lawine erwischt? Oder hatte er Glück und wurde gar nicht getroffen?«

»Ich weiß es nicht!« Simon klang jetzt müde und gereizt. »Ich hab ihn während der Fahrt aus den Augen verloren.« Das rechte Augenlid des Skilehrers zuckte wieder, während er sprach.

Franzi tauschte einen Blick mit Kim und Marie. Erzählte Simon wirklich die Wahrheit? Oder belog er sie?

»Aber die Lawine hast du noch gesehen?«, sagte Marie. Es war mehr eine Feststellung als eine Frage.

»Ja, schon!« Simon kickte ein Eisstückchen vom Rand in die Mitte des Teichs. Man merkte, dass ihm der letzte Satz herausgerutscht war. Er hatte sich in einem Widerspruch verstrickt und wusste es.

»Und warum hast du dann Toni nicht sehen können?«, fragte Franzi. So leicht kam Simon ihr nicht davon.

»Was wollt ihr eigentlich von mir?« Der Skilehrer vergrub die Hände in den Taschen seines Anoraks.

Kim, Franzi und Marie froren schrecklich in ihren Pullovern, aber sie bissen die Zähne zusammen und hielten durch.

Kim sah Simon ernst in die Augen. »Wir wollen deinen Bruder retten.«

Simon schluckte. »Das will ich auch. Hoffentlich finden wir ihn bald.« Er nickte den drei !!! zu und stapfte durch den Schnee in Richtung Mittelstation.

Kim, Franzi und Marie überlegten, ob sie ihn aufhalten sollten. Dann taten sie es doch nicht. Das Ganze nahm Simon anscheinend ziemlich mit. Die Detektivinnen konnten sich immer weniger vorstellen, dass er etwas mit dem Verschwinden seines Bruders zu tun haben könnte. Trotzdem durften sie die Möglichkeit nicht hundertprozentig ausschließen: Denn das Wettrennen war immer noch ein Rätsel.

»Lasst uns schnell reingehen«, sagte Kim mit klappernden Zähnen. »Sonst werden wir hier draußen noch zu Eiszapfen.« Sie legte einen erstaunlich schnellen Sprint hin und konnte diesmal sogar Franzi überholen.

Den Rest des Nachmittags verbrachten die drei !!! damit, die Ergebnisse der Ermittlungen noch einmal haarklein durchzugehen. Die Gruppe hatte den Nachmittag zur freien Verfügung und sie mussten nicht mehr so tun, als seien sie krank. Dabei ging ihnen nicht aus dem Kopf, dass der arme Toni möglicherweise in der Scheune gefangen gehalten wurde. Auch wenn sie nicht ganz sicher waren, schließlich konnte er mit dem Auto auch längst an einen anderen Ort gebracht worden sein.

Zwei Stunden vor dem Abendessen packten die drei !!! alles ein, was sie für ihren Einsatz brauchten, schnallten sich die Skier an und fuhren los. Es war bereits dunkel, aber zum Glück gab es Scheinwerfer am Rand der Piste, die ihnen den Weg ins Tal zeigten. Die Gehsteige und Straßen im Ort waren voll. Die Skifahrer kehrten gerade lachend und schwatzend in ihre Hotels zurück. Marie beneidete sie um ihre Sorglosigkeit. Je weiter sie sich vom Ortskern entfernten, umso nervöser wurde Marie, weil sie an Paco denken musste. Der Hund war das größte Problem. Falls er Toni immer noch bewachte, mussten die Detektivinnen ihn irgendwie überlisten. Franzi hatte Maries Gedanken erraten. »Mit Paco kommen wir schon klar. Vertrau auf mich – und auf die Wirkung der Salami!« Grinsend zog sie eine Wurst, die sie vorher von der freundlichen Köchin bekommen hatte, aus der Tasche ihres Anoraks.

Marie und Kim mussten lachen und die drei !!! gingen weiter. Kurz darauf erreichten sie ihr Ziel. Das alte Bauernhaus schien unter seiner dicken Schneehaube zu schlafen. Durch die Ritzen der Scheune drang kein Lichtschein. Das Tor war fest verschlossen und sie hörten keine Geräusche von drinnen. Trotzdem wollten sie auf Nummer sicher gehen und sich lieber von hinten anschleichen.

Kim streckte ihren Zeigefinger in die Luft, um die Windrichtung zu prüfen. »Ostwind«, flüsterte sie. »Lasst uns links um die Scheune herumgehen!«

Marie und Franzi nickten. Auf diese Welse würde Paco sie erst spät oder womöglich gar nicht bemerken. Als sie vor der herausgebrochenen Latte standen, überlegte Franzi zuerst, ob sie sich durch den Spalt quetschen konnte. Sie machte sich so schmal, wie sie konnte. Versuchte es einmal, zweimal, dreimal. Vergeblich. Der Spalt war zu eng.

Maries Blicke wanderten nach oben. Plötzlich fiel ihr am unteren Rand des schräg abfallenden Daches der Scheune eine Luke auf. Aufgeregt zeigte sie Franzi ihre Entdeckung.

Franzi spuckte sofort in die Hände. Sie ignorierte Kims »Tu's nicht, das ist viel zu gefährlich!«. Wie eine Katze kletterte sie auf die Buche neben der Scheune. Als sie auf der Höhe der Luke angekommen war, setzte sie vorsichtig den linken Fuß in die Dachrinne, griff mit der rechten Hand nach und schwang sich hinüber. Keuchend schaufelte sie den Schnee von der Luke. Darunter kam eine einfache Klappe zum Vorschein. Der Griff klemmte. Franzi keuchte vor Anstrengung. Endlich hatte sie es geschafft. Die Luke ging auf. Franzi beugte sich vor und starrte hinunter in die Dunkelheit. Nach einer Weile konnte sie schemenhaft eine Leiter und aufgestapelte Heuballen erkennen. Einen Hund sah sie nicht. Menschen auch nicht, aber das mochte noch nichts heißen.

Sollte sie? Sollte sie nicht? Franzis Herz klopfte schneller. Dann gab sie sich einen Ruck und sprang. Sie landete auf weichem Heu. Eine Weile blieb sie ganz ruhig liegen und lauschte. Der Wind strich um die Außenwände der Scheune. Ansonsten drang kein Geräusch an ihre Ohren. Und sehen konnte sie immer noch niemanden. Franzi knipste ihre Taschenlampe an. Als sie den Lichtschein einmal herumkreisen ließ, bestätigte sich ihre Vermutung.

Franzi sprang das letzte Stück zum Boden hinab, lief zu einer Seitentür und schob den Riegel zurück. »Die Luft ist rein!«

Kim und Marie schlüpften schnell in die Scheune. Marie klopfte Franzi bewundernd auf die Schulter. »Was würden wir bloß ohne dich machen?«

»Ich hatte solche Angst um dich!«, stöhnte Kim. »Geht's dir gut?«

»Klar.« Franzi klopfte sich ein paar Strohhalme von der Skihose. »Paco hat mich nicht gefressen. Er ist gar nicht da. Toni übrigens auch nicht.«

Marie machte ein langes Gesicht. Sie hatte es sich so schön vorgestellt, als starke Heldin den hilflosen Skilehrer zu retten. »Hast du wirklich gründlich gesucht?«, fragte sie.

Marie und Kim schalteten ihre Taschenlampen ein. Zu dritt stellten sie die komplette Scheune auf den Kopf, konnten Toni aber nicht finden. Stattdessen entdecken sie im hinteren Teil der Scheune, versteckt zwischen zwei Heuballen, einen Schreibtisch, Kopierer, Laptop und Drucker. Alle Geräte waren eingeschaltet. Es wirkte, als ob der Benutzer die Scheune nur kurz verlassen hatte.

»Ein ziemlich merkwürdiger Ort, um sich ein Büro einzurichten, findet ihr nicht auch?« Marie krauste die Stirn.

Franzi nickte. »Jemand, der sich hier versteckt, hat was zu verheimlichen. Fragt sich nur, was.«

Kim ging in die Knie und fischte grinsend ein paar Papierseiten aus dem Drucker. »Jetzt bin ich aber mal gespannt, was da draufsteht.«

Enthüllungen

Verblüfft starrten die drei !!! auf die erste Seite. Im Leuchtkegel von Kims Taschenlampe erschien eine fett gedruckte Titelzeile: *Die Wahrheit über Toni Brugger – Sein Leben, erzählt von Hans Schachner.*

»Ich glaub's nicht!«, rief Marie. »Das müsst ihr euch mal auf der Zunge zergehen lassen.« Neugierig blätterte sie weiter und las den ersten Abschnitt der zweiten Seite vor: »Toni Brugger gehört zu den beliebtesten Menschen im Ort. Er stammt aus einer angesehenen Familie und zeichnete sich bereits in der Schule durch Fleiß und Zuverlässigkeit aus. Seine Freunde schätzen ihn für seine Freundlichkeit und die Bedürftigen unserer Region für seine Großzügigkeit. Ist Toni Brugger perfekt? Nein, er ist es keineswegs. In meiner Funktion als Heimatautor halte ich es für meine Pflicht, alle darüber aufzuklären, wie Toni wirklich ist. Denn der verwöhnte Hoteliersohn hat moralische Abgründe, die jeden meiner Leser zutiefst erschrecken werden.«

Kim schielte auf den nächsten Absatz. »Hier

wird es erst richtig gehässig. Ich fürchte nur, wir haben keine Zeit weiterzulesen.«

»Du hat recht«, sagte Franzi. Jederzeit konnte das Tor aufgehen und Hans Schachner mit Paco hereinspazieren. Außerdem mussten sie bald los, sonst verpassten sie den letzten Skilift. Franzi nahm Marie die Blätter aus der Hand und ging damit zum Kopierer.

Kim nahm sich inzwischen den Laptop vor. Drei Fotodateien waren offen. »Kommt alle mal her!«, rief sie aufgeregt.

Sofort waren Marie und Franzi bei ihr und schauten ihr über die Schulter. Die Fotos, die der Lawinenhundführer sich kürzlich angeschaut hatte, zeigten alle ein hübsches, blondes Mädchen. Aus dem Dateinamen konnten sie entnehmen, dass das Mädchen Frieda hieß. Auf einem Foto legte ein deutlich jüngerer Hans Schachner stolz den Arm um Frieda. »Verliebt und endlich verlobt!« hieß dieses Foto. Auf einem anderen Foto, das laut Dateiname etwa ein halbes Jahr später aufgenommen worden war, küsste plötzlich Toni Frieda. Der Verwalter hatte das Bild bearbeitet und rot durchgestrichen. Auf dem letzten Foto sah man Frieda traurig und allein auf einer Bank sitzen. Der Dateiname lautete: *Frieda, nachdem Toni sie verlassen hat. Das wirst du büßen, Toni!*

»Erinnert ihr euch noch, was der Pfarrer erzählt hat?«, sagte Marie. »Dass Simon und Toni sich furchtbar mit Hans Schachner gestritten haben, wegen eines Mädchens?«

Kim drehte sich zu Marie um und kniff die Augen zusammen. »Ja, klar! Toni hat Hans die Verlobte ausgespannt und später wieder fallen gelassen. Seither ist Hans anscheinend extrem verbittert und möchte sich an Toni rächen. Sein Tatmotiv ist Eifersucht!«

»Deshalb hat er diese Enthüllungsbiografie geschrieben«, sagte Franzi. Sorgfältig schob sie die Kopien unter ihren Pullover und machte den Anorak wieder zu.

Marie fügte eine weitere Schlussfolgerung hinzu. »Und die Datei mit Tonis Gewohnheiten und Tagesabläufen hat er zur Recherche gebraucht.« Marie zückte ihr Handy und fotografierte die Beweisfotos vom Bildschirm ab.

»Jetzt müssen wir aber wirklich los!«, rief Kim erschrocken, nachdem sie einen kurzen Blick auf ihre Armbanduhr geworfen hatte.

Die drei !!! verließen die Scheune, schlossen das Tor und rannten, so schnell sie konnten, zur Talstation. Sie erwischten gerade noch rechtzeitig den letzten Skilift.

Während ihre Gondel über die verlassenen Pisten glitt, lehnte Franzi sich stöhnend gegen die Fensterscheibe. Dann sprach sie die Frage aus, die alle quälte: »Wo ist Toni?«

Marie zuckte mit den Schultern. »Keine Ahnung.

Ich glaube ja nach wie vor, dass Hans Schachner ihn entführt hat. Wahrscheinlich war ihm die Scheune als Versteck nicht mehr sicher genug. Deshalb hat er Toni mit dem Auto an einen anderen Ort gebracht.«

Kim holte das Detektivtagebuch aus ihrem Rucksack. Sie musste die neuen Erkenntnisse unbedingt sofort aufschreiben. Das würde Ordnung in ihren Kopf bringen. Doch plötzlich hatte sie eine Idee und klappte das Heft energisch wieder zu. »Was haltet ihr davon, wenn wir Hans Schachner mit den Beweisen konfrontieren? Sobald wir zurück sind, sollten wir ihn direkt darauf ansprechen.«

»Genau!«, sagten Franzi und Marie gleichzeitig.

Beim Abendessen erlebten die Detektivinnen eine herbe Enttäuschung. Der Verwalter war nicht da. Von der Köchin erfuhren sie, dass er vor einer Stunde ins Tal gefahren war, angeblich zu einem Krisentreffen der Lawinenhundführer, weil Toni immer noch spurlos verschwunden war. Die drei !!! mussten sich bis zum nächsten Morgen gedulden.

Enttäuscht kürzten sie das Abendessen ab und gingen zu ihrer Hütte hinüber. Chrissie, die sich für das Abendessen zu schlapp gefühlt hatte, schlief schon. Erst jetzt merkten Kim, Franzi und Marie, wie anstrengend der Tag gewesen war. Sie redeten noch ein bisschen am Kaminfeuer. Doch schon bald verdrückten sie sich gähnend in ihre Betten.

Sobald das Licht aus war, schliefen Kim und Marie ein. Franzi hörte es an ihren tiefen, gleichmäßigen Atemzügen. Sie selbst war auch hundemüde, doch kaum hatte sie die Augen zugemacht, sah sie Felipe vor sich, und schlagartig war sie wieder hellwach. Eine Weile wälzte Franzi sich im Bett herum. Dann stand sie leise auf, schlich auf Zehenspitzen zum Schrank und holte den Stoffbeutel heraus, den sie dort zwischen ihren Pullis versteckt hatte. Mit dem Beutel in der Hand ging sie hinüber ins Wohnzimmer.

Das Feuer im Kamin brannte noch. Franzi legte ein Holzscheit nach. Als die Flammen aufflackerten, setzte sie sich im Schneidersitz auf das Schaffell und öffnete den Stoffbeutel. Langsam holte sie den Rosenquarz und das Foto heraus. Wie glücklich sie beide auf diesem Foto aussahen! Felipe und Franzi. Ihre Namen begannen mit demselben Buchstaben. Sie gehörten zusammen, für immer. Das hatte Franzi zumindest bisher gedacht.

Ich bewundere dich.
Ich liebe dich.
Du bist alles für mich.

Franzi wiederholte flüsternd die Zeilen des Liebeszaubers und umklammerte dabei den Rosenquarz. Plötzlich musste sie weinen. Sie konnte Felipe nicht mehr bewundern. Er hatte sie belogen. Wenn er etwas anderes getan hätte – sie bei einem Date versetzt oder ihren Geburtstag vergessen hätte –, das wäre auch schrecklich gewesen, aber nicht so schrecklich wie eine Lüge.

Das Holzscheit zerbarst in der Mitte. Die zwei Teile fielen in die Glut und wurden sofort schwarz. Franzi schluchzte auf. Sie wusste nicht, was schlimmer für sie war: dass Felipe ein Dieb war oder dass er sie angelogen hatte. Blind vor Tränen suchte sie in ihren Hosentaschen nach einem Taschentuch. Endlich fand sie eins, das schon ziemlich zerknüllt war. Doch bevor sie hineinschnäuzen konnte, piepste ihr Handy. Felipe hatte ihr wieder eine SMS geschickt. Schon die dritte an diesem Tag.

Franzi! Bitte melde dich.
Ich werde noch verrückt ohne ein Lebenszeichen von dir.
F

Am liebsten hätte Franzi ihr Handy ins Feuer geworfen. Sie wollte nichts mehr von Felipe hören. Sie wollte für immer hierbleiben, in dieser abgeschiedenen Hütte, einsam und alleine, und ihre Ruhe haben. Aber Felipe würde nicht lockerlassen.

Er hatte die Handynummern von Kim und Marie. Wenn sie auf seine SMS nicht endlich reagierte, würde er ihre Freundinnen mit Nachrichten bombardieren. Franzi schnäuzte sich, wischte sich energisch die Tränen aus dem Gesicht und simste Felipe zurück:

Brauche Zeit. Lass uns reden, wenn ich wieder zu Hause bin.

Danach schaltete sie das Handy sofort aus und ging zu Bett. Weit nach Mitternacht fand sie endlich den Schlaf, der ihren Kummer für ein paar Stunden auslöschte.

Schauspieltricks

Irgendwann zwischen Mitternacht und zwei Uhr morgens hatte Franzi beschlossen, sich ab jetzt noch intensiver in die Ermittlungen zu stürzen und alles andere, was nicht mit dem Fall zu tun hatte, aus ihrem Kopf zu verdrängen. Als sie um 6:30 Uhr nach einer viel zu kurzen Nacht aufwachte, sprang sie sofort aus dem Bett und zog Kim und Marie die Decken weg. »Los, aufstehen, ihr Murmeltiere! Ein neuer Tag wartet auf drei clevere Detektivinnen!«

»Dann soll er noch ein bisschen länger warten!«, stöhnte Kim, schnappte sich ihre Decke und kuschelte sich wieder hinein.

Marie drehte sich zu ihrem Nachttisch, um auf den Wecker zu sehen. »Es ist noch nicht mal sieben Uhr! Du bist verrückt.«

Franzi grinste ungerührt. »Nein, ich bin vorausschauend und klug. Wir müssen Tom bezirzen, damit er uns heute wieder skifrei gibt.«

Das Argument leuchtete ihren Freundinnen ein. Endlich quälten sie sich aus ihren Betten und schlurften hinüber ins Bad. Chrissie schlief noch tief und fest. Zum Glück hatte sie auch von ihrem gestrigen Ausflug ins Tal nichts mitbekommen.

Punkt sieben Uhr betraten die drei !!! den Gemeinschaftsraum. Wie Franzi vermutet hatte, war weit und breit kein Teilnehmer der Skifreizeit in Sicht. Nur Tom Schüring saß vor einer Tasse Cappuccino und blätterte müde in der Zeitung.

»Na, schon so früh auf den Beinen?«, fragte er überrascht. »Euch scheint es ja wieder gut zu gehen. Ihr könnt es wohl kaum erwarten, auf die Piste zu kommen.«

»Nicht direkt«, sagte Franzi ausweichend. Die Detektivinnen rückten Stühle heran und setzten sich an Toms Tisch.

Kim kehrte die gute Erziehung heraus, auf die ihre Mutter so großen Wert legte. »Wir haben eine Bitte an dich, Tom. Wir würden heute sehr gerne in der Bibliothek stöbern. Da gibt es so viele spannende Bücher, das haben wir gestern erst entdeckt. Hättest du was dagegen, wenn wir hierbleiben?«

Tom Schüring war nicht besonders begeistert. »Ich finde es nicht so gut, wenn ihr euch heute abseilt. Wir sind eine Gruppe und die zeichnet sich dadurch aus, dass man Sachen gemeinsam macht.«

Mit dem Einwand hatte Marie gerechnet. Mit einer Engelsgeduld hörte sie zu und nickte eifrig.

»Ich bin ganz deiner Meinung, Tom! Nur in diesem Fall wäre es echt toll, wenn du eine Ausnahme für uns machen würdest. Wir wollen nämlich unbedingt die Bücher von Hans Schachner lesen, bevor wir abreisen.«

»Und übermorgen sind wir ja schon wieder daheim«, ergänzte Franzi. »Diese einmalige Gelegenheit wollen wir uns nicht entgehen lassen.«

Tom Schüring war beeindruckt von so viel Interesse an Heimatbüchern über die Region. Er schwankte, obwohl er immer noch versuchte, den strengen Betreuer herauszukehren.

Marie lächelte ihn extra lieb an. »Tom! Du bist der Beste. Dürfen wir heute im Tannenwinkel bleiben? Bitte!«

Die drei Detektivinnen hatten ihn fast überzeugt. Da platzte Chrissie herein. Sie hatte Maries letzte Worte gehört und mischte sich sofort ein: »Was, ihr wollt hierbleiben? Kommt nicht infrage. Ihr seid wieder fit und deshalb kommt ihr mit. Das findest du doch auch, Tom, oder? Wir können die Mädchen nicht wieder den ganzen Tag unbeaufsichtigt lassen.«

Tom Schüring hob bedauernd die Schultern. »Tut mir leid, Mädels! Chrissie hat recht. Ihr müsst eure spannende Lektüre auf die Abende verschieben.«

Franzi warf Chrissie einen vernichtenden Blick zu, der ihre Schwester leider wenig beeindruckte.

»Macht nicht so lange Gesichter«, versuchte Tom die drei !!! zu trösten. »Wir sollten alle rausgehen an die frische Luft – trotz oder gerade wegen des Lawinenunglücks.«

»Genau!«, sagte Chrissie, die ihren kleinen Triumph in vollen Zügen genoss.

Plötzlich drückte Marie ihre Hand gegen die Stirn und stöhnte: »Mir ist so … so schwindelig! Ich kann nichts mehr sehen.« Sie krümmte sich vor Schmerzen, schaffte es nicht mehr, aufrecht zu sitzen. In Zeitlupe rutschte ihr schlaffer Körper vom Stuhl und landete mit einem dumpfen Aufprall auf dem harten Holzboden. Dort blieb Marie liegen, bleich, mit geschlossenen Augen, Arme und Beine seltsam verrenkt.

Chrissie, die anfangs noch gegrinst hatte, rief erschrocken: »Marie, was ist los?«

Tom Schüring sprang vom Stuhl auf und kniete sich vor Marie hin. »Wach auf! Bitte mach die Augen auf!«

Kim und Franzi gingen auch schnell in die Knie. »Marie!«, flüsterte Kim, während sie sich die Hand auf den Mund presste. Es sah aus, als wäre sie in Panik. Nicht mal Franzi hätte vermutet, dass sie ein Kichern unterdrückte, wenn sie nicht das kaum merkliche Augenzwinkern von Marie gesehen hätte, kurz bevor sie ihre Ohnmacht inszenierte.

Unendlich langsam schlug Marie die Augen auf. »Wo … bin ich? Was ist passiert?«

»Du hattest einen Schwächeanfall«, sagte Tom Schüring. »Komm, stütz dich auf mich.« Behutsam richtete er Maries schlaffen Körper auf.

»Aaah!«, stöhnte Marie effektvoll. »Das muss an den dummen Wachstumsschüben liegen. Zu Hause bin ich deswegen schon mal umgekippt. Es tut mir so leid!« Sie lehnte sich mit dem vollen Gewicht ihres Körpers gegen die Brust des Betreuers.

»Das muss dir doch nicht leidtun!«, sagte Tom. Besorgt betrachtete er Marie. »Ich glaube, du solltest heute im Bett bleiben und dich ausruhen. Chrissie wird sich bestimmt gerne um dich kümmern.«

»Natürlich«, murmelte Franzis Schwester. Der Schreck spiegelte sich immer noch in ihrem Gesicht. Maries Schauspielstunden hatten sich wieder mal ausgezahlt.

»Und was ist mit uns?«, fragte Franzi. »Dürfen wir auch bei Marie bleiben?«

Tom seufzte. »Nein, ihr kommt mit auf die Piste. Marie ist bei Chrissie in guten Händen. Ihr braucht euch keine Sorgen zu machen.«

Kim und Franzi versuchten, ihre Enttäuschung zu verbergen. Sie wussten, dass es keinen Sinn hatte, länger auf Tom einzureden. Als die ersten Leute aus ihrer Gruppe hereinkamen, hatten Kim, Franzi und Chrissie Marie bereits in ihre Hütte gebracht und ins Bett verfrachtet.

»Gute Besserung!«, wünschte Franzi, während sie eine Wärmflasche unter Maries Decke schob.

Chrissie machte inzwischen im Wasserkocher Teewasser heiß. Kim nutzte den kurzen Augenblick, in dem sie ihnen den Rücken zukehrte, um Marie zuzuflüstern: »Viel Glück! Mach das Beste draus.«

Marie grinste. Kaum hatte Chrissie sich umgedreht, wechselte sie ihren Gesichtsausdruck wieder in eine überzeugende Leidensmiene. Kim und Franzi verabschiedeten sich und verließen die Hütte.

»Marie, du Arme!«, sagte Chrissie. »Du siehst wirklich schlecht aus.« Sie rückte einen Stuhl neben das Bett und setzte sich. »Soll ich dir vielleicht was vorlesen?«

Marie stellte bestürzt fest, dass Franzis Schwester sich offenbar häuslich bei ihr einrichten wollte. »Danke, das ist lieb von dir«, sagte sie mit schwacher Stimme. »Aber ich glaube, ich muss jetzt einfach schlafen. Du brauchst nicht an meinem Bett Wache halten, wirklich nicht. Es kann Stunden dauern, bis ich wieder aufwache.«

Chrissie zögerte. »Hm ... wenn du meinst. Na gut. Dann geh ich mal kurz frühstücken. Aber ich schau später wieder bei dir rein.«

»Gut zu wissen«, behauptete Marie. »Lass dir Zeit.« Sie machte die Augen zu und wartete, bis sich Chrissies Schritte entfernt hatten und die Hüttentür hinter ihr ins Schloss fiel. Dann öffnete sie ihre Nachttischschublade und zog die Kopien von Hans Schachners Enthüllungsbuch heraus. Mit einem Schokoriegel aus Kims unerschöpflichem Süßigkeitenvorrat machte sie es sich im Bett gemütlich und las das erste Kapitel in einem Rutsch durch. Bei jedem neuen Satz stieß sie auf weitere unglaubliche Details.

Hans Schachners Bericht von Simons und Tonis Kindheit klang völlig anders als die Erzählung der Empfangschefin. Da war keine Spur von Harmonie. Toni und Simon hatten sich – nach der Aussage des Verwalters – bereits als Kinder oft gestritten. Es hatte immer schon eine große Konkurrenz zwischen den beiden gegeben, die sich unter anderem darin ausgedrückt hatte, dass sie regelmäßig Skiwettrennen veranstalteten. Dabei hatte der Gewinner etwas bekommen, das beide haben wollten. Hans Schachner stellte am Ende des ersten Kapitels die Vermutung auf, dass Toni und Simon eines Tages wohl um das Hotel um die Wette fahren würden. Denn der Vater der Brüder überließ es anscheinend seinen Söhnen, wer von ihnen später einmal das Hotel führen sollte.

Marie nahm einen Schluck Kräutertee, der nach dem Schokoriegel überhaupt nicht gut schmeckte. Plötzlich ging ihr ein Licht auf. Das Wettrennen um das Hotel musste vor dem Lawinenunglück stattgefunden haben. Alles deutete darauf hin.

Wenn sie nur dabei gewesen wäre! Dann wüsste sie jetzt, was bei der Waldabfahrt genau passiert war. Marie spürte irgendwie, dass Toni Hilfe brauchte. Die drei !!! mussten ihn so bald wie möglich finden!

Wütend zerknüllte Marie das leere Schokoladenpapier. Wenn Chrissie nicht im ungünstigsten Moment hereingeplatzt wäre, hätte sie jetzt gemeinsam mit Kim und Franzi ermitteln können. Aber es half nichts. Dann musste sie heute eben alleine klarkommen. Jedenfalls konnte sie hier nicht länger untätig herumliegen. Marie stand auf und schlüpfte in Skianorak und Hose. Auf ihr übliches Styling musste sie heute leider verzichten. Danach tarnte sie ihr Bett mit Kissen und ein paar Strohhalmen der Tischdeko, die ihrer Haarfarbe ziemlich nahe kam. Wenn jemand nur kurz zur Tür hereinschaute, war die Täuschung verblüffend echt. Es sah aus, als ob die Schwächeanfall-Patientin immer noch friedlich schlafen würde.

Zufrieden schlich Marie sich aus der Hütte. Draußen war niemand zu sehen. Chrissie schien ihr Frühstück auszudehnen und Marie gönnte ihr jedes einzelne Croissant. Sie schnallte sich die Skier an und sauste hinunter ins Tal. Diesmal wollte sie nicht zur Scheune, sie hatte ein anderes Ziel.

Gespannt blieb Marie vor dem Haus stehen, das neben dem *Café Bergblick* stand. Damals, als Toni oder der Mann, der aussah wie Toni, aus diesem Gebäude gerannt war, war alles so schnell gegangen. Sie hatte sich das Haus gar nicht richtig ansehen können. Das holte sie jetzt nach, im Vergleich zu den anderen rustikalen Gebäuden war das zweistöckige Haus eher schlicht, hatte keinen Balkon und keine Malereien auf der hellgelben Fassade. Dafür gab es eine große Doppelgarage.

Auf dem Klingelschild stand Mühlbaum. Der Name sagte Marie nichts. Um ihn nicht zu vergessen, kritzelte sie ihn in ihr Notizbuch. Danach klingelte sie. Nach dem zweiten Klingeln ging endlich die Tür auf. Ein etwa zwölfjähriges Mädchen mit braunem Pferdeschwanz machte auf. Sie trug eine blaue Jogginghose und wirkte verschlafen.

»Hallo, ich bin Marie. Kann ich Toni sprechen?«, fragte Marie freundlich.

Das Mädchen verriet seinen Namen nicht. »Der wohnt hier nicht«, sagt das Mädchen kurz angebunden und wollte die Haustür wieder zuziehen.

Marie stellte rechtzeitig ihren linken Fuß in den Türspalt. »Aha. Aber deine Eltern, die sind doch sicher da. Kann ich die kurz sprechen? Es ist wirklich wichtig. Ich muss sie dringend was fragen.«

»Meine Eltern sind geschieden.« Das Mädchen wickelte seinen Pferdeschwanz um den Finger und musterte Marie mit einer Mischung aus Langeweile und Misstrauen.

Marie nahm den Faden sofort auf. »Oh, das tut mir leid. Ist bestimmt nicht leicht für dich. Ich habe auch nur noch meinen Vater, meine Mutter ist bei einem Autounfall gestorben, da war ich erst zwei Jahre alt.«

Das Mädchen hörte sich die Geschichte an, als würde Marie ihr aus einem russischen Grammatikbuch vorlesen. »Du kannst meine Eltern jetzt nicht sprechen. Mein Vater wohnt in einer anderen Stadt und meine Mutter ist einkaufen gefahren.«

»Schade!« Marie machte ein zerknirschtes Gesicht. »Dann muss ich ein andermal wiederkommen. Sag deiner Mutter auf jeden Fall herzliche Grüße von Marie. Also dann, einen schönen Tag noch.«

Wortlos machte ihr das Mädchen die Tür vor der Nase zu. Dass es die Grüße ausrichten würde, bezweifelte Marie. »Auf Wiedersehen«, murmelte sie. »Und beehren Sie uns recht bald wieder mit Ihrem Besuch.«

Marie stapfte zurück zur Talstation. Dicke, weiße Wolken verhüllten die Berge. Es war kalt und ungemütlich. Marie hatte sich mehr von diesem spontanen Ausflug erwartet. Sie hatte gehofft, eine Spur zu Toni zu entdecken, wobei das natürlich ein verrückter Zufall gewesen wäre. Sie wurde das unbestimmte Gefühl nicht los, dass das Mädchen etwas verheimlichte.

Marie war so in Gedanken versunken, dass sie den nächsten Skilift verpasste. Kostbare Minuten verstrichen mit Warten und der Sorge, ob Chrissie ihre Abwesenheit schon bemerkt hatte. Weitere kostbare Minuten vergingen, weil der Skilift wegen technischer Probleme mitten auf der Strecke plötzlich anhielt und erst nach einer Weile weiterfuhr. Marie saß wie auf heißen Kohlen. Sie sauste von der Mittelstation zum Tannenwinkel hinüber. Immerhin war sie so schnell, dass sie noch vor der Gruppe aus dem Jugendzentrum eintraf. Aber sie war nicht schnell genug in ihrer Hütte. Dort wurde sie nämlich schon erwartet.

»Wo in aller Welt warst du?«, rief Chrissie entrüstet.

»Ich …« Während Marie versuchte, sich eine möglichst plausible Erklärung zurechtzulegen, nahm sie plötzlich eine andere Person wahr, die hinter Chrissie vom Sofa aufstand. Mit dieser Person hatte Marie am allerwenigsten gerechnet. Es war Felipe!

Hans Schachner im Kreuzverhör

Felipe wollte etwas sagen, aber Chrissie ließ ihn nicht zu Wort kommen. »Wo warst du?«, wiederholte sie aufgebracht.

»Ich … äh … hab nur ein bisschen frische Luft geschnappt«, schwindelte Marie. »Laufen tut mir immer total gut, wenn ich einen Schwächeanfall hatte.«

Franzis Schwester stöhnte. »Na toll! Da hättest du mir aber vorher kurz Bescheid geben können, statt einfach abzuhauen. Ich hab mir hier Riesensorgen gemacht. Hab mich nicht mal getraut, aufs Klo zu gehen.«

»Entschuldige bitte. Daran hab ich gar nicht gedacht. Das war wirklich dumm von mir.« Marie spielte die Reue so echt, dass Chrissies Wut sich langsam legte.

»Stimmt, ziemlich dumm war das«, murmelte sie. »Wenigstens bist du jetzt wieder hier. Setz dich aufs Sofa. Du solltest dich ausruhen.« Chrissie trat von einem Bein aufs andere.

Marie, die schon befürchtet hatte, dass ihre ganze Show auffliegen würde, befolgte brav die

Anweisung, setzte sich aufs Sofa und legte sich eine Wolldecke über die Knie. Dann lächelte sie Chrissie an. »Felipe passt schon auf mich auf. Du kannst jetzt für kleine Mädchen gehen.«

Chrissie verschwand blitzschnell im Bad und endlich konnte Marie Felipe begrüßen.

»Hallo! Das ist ja eine nette Überraschung. Franzi hat dich schon vermisst. Sie wird sich wahnsinnig freuen, dich zu sehen!«

»Ja?« Felipe strich sich nervös eine Locke hinters Ohr. Normalerweise leuchtete sein Gesicht von innen heraus. Er hatte immer so eine positive Ausstrahlung. Doch heute war er nur ein Schatten seiner selbst.

»Was ist denn mit dir los?«, erkundigte sich Marie besorgt.

Felipe antwortete nicht auf ihre Frage. »Wie geht es Franzi? Ist alles in Ordnung mit ihr?«

»Ja, natürlich«, sagte Marie verwundert. »Warum fragst du?«

Felipes Augen wurden ganz dunkel. Zum ersten Mal erlebte Marie, dass er Angst hatte. »Sie hat nicht auf meine vielen SMS reagiert«, erzählte Felipe hastig. »Und als sie mir doch noch geschrieben hat, klang sie so komisch. Ich dachte, vielleicht ist irgendwas Schlimmes passiert. Also hab ich mich spontan mit Onkel Miguel in den Zug gesetzt und bin hergefahren.«

»Franzi geht es gut«, sagte Marie noch einmal,

um Felipe zu beruhigen. »Sie ist mit der Gruppe unterwegs beim Skilaufen und wird …«

»Sie *war* beim Skilaufen«, sagte plötzlich jemand hinter ihnen.

Felipe und Marie fuhren herum. Franzi stand mit Kim in der Tür. Sie war blass. Sie lächelte nicht und sie machte keinerlei Anstalten, auf Felipe zuzugehen. Stattdessen fragte sie mit heiserer Stimme, während sie hastig ihren Anorak auszog: »Warum bist du hier?«

»Franzi!« Felipe strahlte. Er lief auf seine Freundin zu, breitete die Arme aus und wollte sie küssen. Als Franzi sich von ihm wegdrehte, verstand Felipe die Welt nicht mehr. »Was ist los? Freust du dich gar nicht, mich zu sehen?«

Franzi wich einen Schritt zurück, als ob Felipe sie bedrohen würde. Sofort verschwand wieder das Strahlen in Felipes Gesicht.

»Hey, was hast du denn, Franzi?«, rief Kim. Sie warf Marie einen fragenden Blick zu, aber die hatte genauso wenig Ahnung, was in Franzi vorging.

Franzis Körper verkrampfte sich. Sie sah Felipe direkt in die Augen. Es war ein verletzter, wütender Blick. »Du hast mich angelogen«, zischte sie. Bevor Felipe reagieren konnte, machte sie eine Kehrtwendung und rannte hinaus.

Als die Hüttentür mit einem Knall hinter ihr zufiel, zuckte Felipe zusammen. »Ich versteh das nicht … Wovon redet sie überhaupt?«

Kim legte ihm tröstend die Hand auf die Schulter. »Das wird sich alles aufklären. Bleib du erst mal hier, bis Franzi sich wieder beruhigt hat. Ich laufe ihr nach und rede mit ihr.«

»Gute Idee«, sagte Marie. »Viel Glück!« Sie schälte sich aus der warmen Decke und warf sie Kim zu. »Hier, damit Franzi nicht friert.«

»Danke!« Kim schlüpfte schnell wieder in ihren Anorak und setzte sich eine Mütze auf.

Kaum war sie weg, kam Chrissie aus dem Bad. Sie sah Maries und Felipes betretene Gesichter und sagte: »Na, hier ist ja eine super Stimmung! Dann will ich eure Party mal nicht länger stören.« Kichernd verließ sie die Hütte.

Marie und Felipe waren nicht wirklich traurig darüber. Während Marie dem völlig verstörten Felipe einen Tee anbot, irrte Kim draußen im Schnee herum. Erst dachte sie, dass Franzi in die Haupthütte gelaufen war, aber dort war sie nicht. Nach einem Zickzackkurs zwischen den Hütten hindurch entdeckte Kim endlich eine schmale Gestalt, die am Ufer des zugefrorenen Teichs stand. Schnell lief sie auf Franzi zu, die sich wütend umdrehte, als sie hinter ihrem Rücken Schritte hörte.

»Nicht erschrecken, ich bin's nur«, sagte Kim leise.

»Ich kann jetzt nicht mit Felipe reden!«, rief Franzi. Sie hatte einen Schneeball in der Hand, holte weit aus und schoss ihn wie eine Kanonenkugel auf den Teich. Das Eis knirschte, so heftig war der Aufprall.

Kim trat neben ihre Freundin und legte ihr die Decke über die Schultern. »Das musst du auch nicht, Felipe wird warten. Aber vielleicht möchtest du ja mit mir reden?«

Plötzlich fing Franzi an zu weinen. »Ich ... Ich wollte es dir und Marie schon die ganze Zeit erzählen, aber ich hab es nicht geschafft. Es ist alles so schrecklich.« Sie holte tief Luft und dann fing sie von vorne an. Sie berichtete von Verena, ihren schlimmen Behauptungen, die sich leider bestätigt hatten, von ihrer Recherche im Internet und dass sie hundertprozentig sicher war: Felipe hatte sie angelogen. Er musste ein Dieb sein.

»Wenn ich das geahnt hätte!«, sagte Kim. »Du musst in den letzten Tagen durch die Hölle gegangen sein.« Sie holte eine Packung Taschentücher aus ihrer Anoraktasche und hielt sie Franzi hin.

Franzi nahm zwei Taschentücher heraus. Es dauerte eine Weile, bis sie, weiterhin unter Schniefen, wieder sprechen konnte. »Er hat mir so wehgetan. Und jetzt tut er so, als wüsste er von nichts.«

Kim seufzte. »Ich versteh dich. Das erinnert mich total an meine Zeit mit Michi. Da gab es auch Momente, in denen ich dachte, er hätte was Schlimmes gemacht. Bis ich dann herausgefunden habe, dass es nur Missverständnisse waren.«

»Bei uns ist es kein Missverständnis!« Franzi

zerrte wütend an der Wolldecke. Sie zitterte, schien es aber nicht mal zu merken.

»Bist du dir da wirklich so sicher?«, fragte Kim. »Gib Felipe wenigstens eine Chance, seine Version der Geschichte zu erzählen. Nimm dir so viel Zeit, wie du brauchst, aber du solltest mit ihm reden. Versprichst du mir das?«

Franzis Schultern zuckten. »Ich weiß nicht. Ja, vielleicht …«

»Dann kann ich Felipe sagen, dass du dich bei ihm melden wirst?«

»Meinetwegen.« Franzi stöhnte. Normalerweise bewunderte sie Kim für ihre Hartnäckigkeit. Bei der Detektivarbeit hatte die schon oft große Vorteile gehabt. Aber jetzt gerade hätte sie lieber darauf verzichtet.

»Bleib nicht mehr so lange hier draußen«, sagte Kim, bevor sie ging. »Es ist Winter.«

»Ich weiß.« Zum ersten Mal lächelte Franzi kurz und Kim konnte beruhigt zur Hütte hinübergehen. Felipe wartete bereits ungeduldig auf sie. »Und, was hat Franzi gesagt?«

»Sie braucht noch ein bisschen Zeit. Aber sie wird sich bei dir melden.« Kim tat es leid, dass sie Felipe keine bessere Nachricht überbringen konnte.

Natürlich war er enttäuscht. Kim und Marie sahen ihm an, dass er am liebsten sofort mit Franzi geredet hätte. Aber nachdem er sich erst einmal damit abgefunden hatte, zog er Zettel und Kugelschreiber aus seiner Hosentasche. Eilig kritzelte er eine Adresse darauf und gab Marie das Papier. »Das ist die Pension im Tal, in der Onkel Miguel zwei Nächte für uns gebucht hat. Franzi kann mich dort jederzeit erreichen. Und auf meinem Handy natürlich auch.«

»Sie wird dich bestimmt bald anrufen«, sagte Marie, obwohl sie nach Franzis Auftritt vorhin daran eher zweifelte. Noch nie hatte sie ihre Freundin so außer sich erlebt.

Mit hängenden Schultern verabschiedete sich Felipe. Als er weg war, fing Kims Magen plötzlich an zu knurren. Nach einem Blick auf die Uhr stellte sie fest, dass es gleich Mittagessen geben würde. Das anstrengende Skilaufen und die Aufregung um Franzi hatten sie hungrig gemacht.

»Wollen wir schon mal rübergehen?«, schlug sie vor. »Vielleicht ist Franzi ja schon bei den anderen.«

Marie nickte. »Gute Idee. Bei mir gab es zum Frühstück nur einen Schokoriegel.«

Im Gemeinschaftsraum stießen sie auf die anderen Kursteilnehmer. Alle waren da. Nur Franzi fehlte. Kim und Marie aßen so schnell wie möglich und nahmen für Franzi einen Teller Gemüseauflauf mit.

Franzi hatte sich in ihrem Bett verkrochen. Ihre

Augen waren rot vom Weinen. Als ihr der Essensgeruch in die Nase stieg, verzog sie den Mund.

»Wir haben dir was mitgebracht«, sagte Marie betont munter. »Der Auflauf ist wirklich lecker. Fast so gut wie der von meinem Vater.«

»Ich hab keinen Hunger«, sagte Franzi schniefend. Sie war noch nie eine große Esserin gewesen. Trotzdem machten sich Kim und Marie Sorgen um sie.

»Wir stellen den Teller ins Wohnzimmer«, sagte Kim. »Vielleicht bekommst du später ja doch noch Hunger.«

»Hmm …« Franzi, die sonst so gern redete, gingen die Worte aus. Der Liebeskummer hatte sie voll erwischt. Doch plötzlich fiel ihr siedend heiß der Fall ein. »Könnt ihr … alleine mit Hans Schachner reden? Ich schaff das jetzt nicht.«

»Keine Sorge, mit dem werden wir schon fertig!«, sagte Marie. Sie zückte ihren Schminkspiegel und zog ihre Lippen mit korallenrotem Lippenstift nach, um für den Einsatz gerüstet zu sein.

»Du kannst dich auf uns verlassen«, fügte Kim hinzu.

Franzi nickte schwach. Eine Last fiel von ihr ab. Die weitaus größere Last blieb und schon wieder kamen ihr die Tränen.

Kim musste an ihren eigenen Liebeskummer nach der Trennung von Michi denken. Sie konnte Franzi so gut verstehen und hätte ihr so gerne geholfen. Aber sie wusste, dass es kein Allheilmittel gab und dass sie ihr den Schmerz nicht abnehmen konnte. »Lass einfach alles raus«, sagte sie leise. »Weinen ist gut.«

Jetzt musste Franzi noch mehr heulen. Sie richtete sich im Bett auf und schlang ihre Arme um Kim und Marie. »Danke«, flüsterte sie. »Ich wüsste nicht, was ich ohne euch machen würde.«

»Ist doch klar …«, murmelte Marie und wischte sich verstohlen eine Träne aus den Augenwinkeln.

Schweren Herzens ließen Kim und Marie Franzi alleine und machten sich auf die Suche nach Hans. Es passte gut, dass sie den Nachmittag freihatten. Sie fanden den Verwalter im Keller der Haupthütte, wo er gerade die Heizung überprüfte. Hans Schachner war zwar überrascht, sie zu sehen, ließ sich aber bei seiner Arbeit nicht stören und las weiter den Zähler ab.

»Hallo, Herr Schachner!« Marie legte ihren ganzen Charme in die Begrüßung. »Sie sind ja hier wirklich der gute Geist im Haus! Danke übrigens noch mal, dass Sie unsere Sauna repariert haben. Sie funktioniert wieder perfekt.«

Der Verwalter murmelte etwas Unverständliches und bückte sich, um aus seiner Werkzeugtasche einen Schraubenzieher zu holen.

»Es wäre super, wenn Sie uns auch bei einer anderen Sache helfen könnten«, leitete Kim geschickt zum eigentlichen Thema über. Da Hans

Schachner nicht reagierte, redete sie rasch weiter: »Wir sind Fans von Ihren Heimatbüchern und wollen alles von Ihnen lesen. Ein Freund aus dem Dorf hat uns eine Kostprobe Ihres neuesten Manuskripts gegeben. Sie wissen schon, die Biografie über Toni Brugger.«

Scheppernd fiel der Schraubenzieher zu Boden. Der Verwalter richtete seine kleinen, durchdringenden Augen auf die Detektivinnen. »Woher habt ihr mein Manuskript?«

Marie lachte. »Ach, das tut nichts zur Sache. Ein toller Text, wirklich! Aber ein bisschen haben wir uns schon gewundert. Toni kommt ja ziemlich schlecht weg in Ihrem Buch.«

Hans Schachner grummelte unwillig. »Das geht euch gar nichts an. Ich spreche nicht über unveröffentlichte Texte. Und jetzt brauche ich meine Ruhe, ich hab hier noch einiges zu tun.« Er hob den Schraubenzieher auf und machte sich an der Heizung zu schaffen.

Kim, die sonst immer für Höflichkeit war, beschloss, härtere Saiten aufzuziehen. »Dieses Buch wirft kein gutes Licht auf Sie. Sie hassen Toni und jetzt ist er spurlos verschwunden. Außerdem haben wir zufällig mitbekommen, wie Sie am Telefon davon gesprochen haben, dass sie bald viel Geld haben werden. Da muss man bloß eins und eins zusammenzählen, um darauf zu kommen, dass Sie Toni entführt haben.«

Zum ersten Mal wurde der Verwalter laut. »Ich soll Toni entführt haben? Haha! Selten so gelacht.«

Kim und Marie blieben todernst. »Das heißt, Sie und Toni sind ein Herz und eine Seele?«, hakte Marie nach. »Nach all dem, was er Ihnen angetan hat? Aus zuverlässiger Quelle wissen wir, dass er Ihnen die Verlobte ausgespannt hat.«

Bis jetzt hatte Hans Schachner sie wie lästige Kinder behandelt. Auf einmal schien er sie ernst zu nehmen. »Habt ihr nichts Besseres zu tun, als in den Leben fremder Leute herumzuschnüffeln?«

Kim ging nicht darauf ein. »Sie können Toni nicht leiden, das stimmt doch, oder?«

»Ja!«, knurrte der Verwalter. »So was soll schon mal vorkommen.«

»Wo waren Sie zum Zeitpunkt, als die Lawine abging?«, fragte Marie weiter.

Der Verwalter lachte wieder, aber es klang schon merklich nervöser. »Das muss ich euch doch nicht sagen! Aber bitte, ich tu euch den Gefallen und mache bei eurem Detektivspielchen mit. Als die Lawine abging, hab ich eure Sauna repariert.«

»Gibt es dafür Zeugen?«, erkundigte sich Marie.

Hans Schachner nickte grimmig. »Ihr neunmalklugen Mädchen könnt gerne die Handwerker fragen, die mir geholfen haben. Sie sind heute auch hier, well sie eine umgestürzte Tanne aus dem Weg räumen müssen.«

»Gut, wir werden Ihr Alibi überprüfen«, sagte Kim sachlich. »Dann interessiert uns noch, warum Sie bald viel Geld haben werden und warum Sie glauben, dass Toni noch lebt.«

Der Verwalter steckte sich den Schraubenzieher hinters Ohr. Er war jetzt wieder so ruhig wie am Anfang. »Ganz einfach, Mädchen. Mein Buch wird ein Bestseller werden. Und was deine zweite Frage angeht: weil unsere Suchaktion mit den Lawinenhunden extrem gründlich verlaufen ist. Wir haben buchstäblich jede Schneeflocke an der Unfallstelle untersucht.« Hans Schachner betrachtete Kim und Marie mit einem amüsierten Grinsen. »Abenteuerliche Theorie mit der Entführung übrigens! Falls ihr recht haben solltet – was ich ehrlich gesagt nicht glaube –, würde ich mir an eurer Stelle Simon vorknöpfen. Dem würde ich so eine Aktion durchaus zutrauen.«

»Aha, und warum?«, fragte Marie interessiert.

Der Verwalter zuckte mit den Schultern. »Simon ist nicht gut auf seinen Bruder zu sprechen. Ich dachte, das habt ihr längst in meinem Buch nachgelesen. Toni war immer der absolute Lieblingssohn. Herr Brugger senior hat im Grunde immer gewollt, dass Toni später das Hotel übernimmt. Vielleicht wollte Simon seinem Vater einen Schrecken einjagen und von ihm durch die Lösegeldforderung wenigstens Bares statt Liebe bekommen. Oder er will Tonis Abwesenheit nutzen, damit ihm das Hotel überschrieben wird. Wer weiß?«

Daran hatte Kim auch schon einmal kurz gedacht, den Gedanken aber schnell wieder verworfen, weil er ihr einfach zu abwegig erschienen war. »Vielen Dank für das Gespräch und den Hinweis!« Kim zog eine kleine Karte aus ihrer Hosentasche. »Falls Ihnen sonst noch etwas einfällt, können Sie uns jederzeit anrufen.«

Verblüfft starrte Hans Schachner auf die Visitenkarte der drei !!!.

»Die sieht ja richtig professionell aus!«, musste er zugeben. »Macht ihr das schon lange?«

Marie warf lässig ihre langen blonden Haare über die Schulter. »Eine ganze Weile, ja. Wir haben schon ziemlich viele Fälle gelöst.«

Hans Schachner schwankte zwischen Ungläubigkeit und Bewunderung. »Nicht schlecht. Wenn ihr wollt, könnt ihr von mir auch eine Visitenkarte haben. Hier, da steht meine Mobilnummer drauf. Falls ihr mal Hilfe braucht.«

Lächelnd steckte Kim die Karte ein. Danach verabschiedeten sich die Detektivinnen. Beim Rausgehen aus dem Keller spürten sie förmlich die Blicke von Hans Schachner in ihrem Rücken. Der Verwalter würde sich noch wundern, wie professionell sie tatsächlich waren.

Detektivtagebuch von Kim Jülich
Donnerstag, 13:50 Uhr

Langsam kommt Tempo in unseren Fall. Es wurde aber auch Zeit. Das Gespräch mit Hans Schachner war sehr aufschlussreich. Er war überraschend ehrlich zu uns und hat sogar selbst zugegeben, dass er Toni nicht leiden kann. Das finde ich mutig von ihm. Mir war gleich danach klar, dass er mit dem Verschwinden von Toni wohl doch nichts zu tun hat. Trotzdem wollten wir es ganz genau wissen. Wir haben die Handwerker befragt und die haben das Alibi von Hans Schachner bestätigt. Was den Hinweis angeht, Simon könnte irgendwie in die Sache verwickelt sein, sind Marie und ich unterschiedlicher Meinung. Marie glaubt nicht daran, ich schon. Folgende Argumente sprechen für Simon als Täter:

1. Er ist schon lange eifersüchtig auf seinen Bruder.
2. Er will das Hotel übernehmen.
3. Er hat in seinem Leben zu wenig Liebe bekom-

men. Eine Entführung wäre ein Schrei nach Aufmerksamkeit. Er möchte, dass sein Vater ihn endlich wahrnimmt.

Aber bei allem Streit: Toni ist immer noch sein Bruder! Was gibt es als Nächstes zu tun?

Wir müssen dringend noch mal mit Simon sprechen. Wir haben ihn schon im Tannenwinkel gesucht und überall nachgefragt, wo er gerade sein könnte. Keiner weiß es. Sehr merkwürdig! Ist er geflüchtet, weil er ein schlechtes Gewissen hat?

Marie, Franzi und ich werden gleich runter ins Tal fahren. (Franzi ist so tapfer, sie will unbedingt mit.) Vielleicht finden wir Simon ja im Hotel. Zum Glück haben wir den Nachmittag zur freien Verfügung.

Ich hab gerade den Rucksack mit unserer Detektivausrüstung gepackt und bin schon total aufgeregt. Hoffentlich können wir heute noch klären, was mit Toni passiert ist!

Geheimes Tagebuch von Kim Jülich
Donnerstag 14:10 Uhr

Wer hier weiterliest, wird schockgefroren und muss als Eisskulptur im Tannenwinkel bleiben. Erst wenn es wärmer wird, wird er erlöst. Aber ich warne denjenigen oder diejenige: Der Winter in den Bergen dauert lange. Sehr lange!

Franzi tut mir so leid. Sie leidet wie ein Hund. Ich kann nicht glauben, dass Felipe sie wirklich bewusst angelogen hat. Und dass er ein Dieb ist, kann ich mir auch nicht vorstellen. Hoffentlich schafft Franzi es, bald mit Felipe zu reden. Ich bin sicher, dann wird alles wieder gut. Es kann sich doch nur um ein Missverständnis handeln!

Die Trennung zwischen Michi und mir war leider kein Missverständnis. Wir haben uns auseinandergelebt. Am Ende waren unsere Interessen einfach zu verschieden. Ich denke nicht mehr ständig an ihn. Ist das nun ein gutes oder ein schlechtes Zeichen? Hiermit beschließe ich, dass es ein gutes Zeichen ist. Schließlich muss ich irgendwann über Michi hinwegkommen und wieder in die Zukunft sehen. Oder noch besser: in der Gegenwart leben und jeden neuen Tag so genießen, als ob es mein erster und gleichzeitig mein letzter wäre. Natürlich schafft man das nicht immer. Aber ich kann es wenigstens versuchen.

Helfer in der Not

»Stopp!«, rief Marie. Sie blieb derart abrupt stehen, dass Kim und Franzi über ihre Füße stolperten.

»Was ist denn? Hast du Simon oder Toni gesehen?«, fragte Franzi aufgeregt.

Marie schüttelte den Kopf. »Nein. Aber der Laden hier ist so cool! Seht nur, was für ausgefallene Perücken die im Schaufenster haben!«

Die drei !!! waren auf dem Weg zum *Brugger Hotel-Ressort und Spa*. Einen Zwischenstopp hatten sie eigentlich nicht vorgesehen. Schließlich wollten sie so schnell wie möglich Simon finden.

Kim versuchte, Marie sanft, aber bestimmt weiterzuschieben. »Zum Shoppen haben wir jetzt keine Zeit.«

»Bitte!« Maries Augen hingen sehnsüchtig an der Schaufensterauslage. Auf einer Schneelandschaft aus Watte lagen bunte Perücken und Faschingskostüme. »Vielleicht können wir die Perücken ja noch für unsere Ermittlungen brauchen.«

Bei früheren Fällen hatten die drei !!! damit tatsächlich verblüffende Erfolge erzielt. Inzwischen hatte Marie in ihrem Schrank einen richtigen

Fundus an Kostümen und Perücken angelegt, aus dem die Detektivinnen schöpfen konnten. Kim und Franzi wollten Marie den Wunsch nicht abschlagen.

»Okay«, sagte Franzi. »Wir gehen rein. Aber nur ganz kurz.« Sofort eroberte Marie den Laden und fand im Handumdrehen drei ausgefallene Perücken: eine knallrote, eine mit Rastazöpfen und eine platinblonde. Mit einer prall gefüllten Tüte verließ sie glücklich das Geschäft. »So, jetzt bin ich voll und ganz für euch und die Ermittlungen da! Ich schalte sogar freiwillig mein Handy aus, wenn ihr darauf besteht.«

Wie aufs Stichwort klingelte nicht Maries, sondern Kims Handy. Kim sah die Nummer von Kommissar Peters auf dem Display. »Hallo, Kommissar Peters!« Insgeheim hoffte sie, er würde ihnen doch noch den Halter des Fahrzeugs verraten, aber da hatte sie sich getäuscht.

»Hallo, Kim, ich wollte nur mal hören, wie es euch geht«, sagte Kommissar Peters. Seine Stimme klang besorgt.

Kim fühlte sich kontrolliert, was sie überhaupt nicht leiden konnte. »Gut«, sagte sie höflich. »Wir haben viel zu tun.«

»Mit eurem Fall?«, hakte der Kommissar sofort nach. »Ihr solltet lieber vernünftig sein und die Finger davon lassen. Ich rate euch das nur, weil ich das Beste für euch will.«

Kim verdrehte die Augen. »Das glaube ich Ihnen. Leider hab ich jetzt gar keine Zeit. Wir sind gerade beim Shoppen. Sie müssen sich wirklich keine Sorgen machen. Tschüss!« Schnell legte sie auf und schaltete ihr Handy aus.

Die drei !!! legten einen Zahn zu. Es war nicht mehr so kalt wie in den letzten Tagen. Dafür schien die Sonne leider nicht und dicke Schneeflocken segelten auf die matschigen Gehsteige. Marie störte das nicht, obwohl sie heute lilafarbene Wildlederstiefel mit schwindelerregenden Absätzen trug. Die waren übrigens der Grund gewesen, warum die Detektivinnen heute zu Fuß und mit der Gondel ins Tal gekommen waren.

Als Frau von Welt trat Marie als Erste durch die gläserne Drehtür des Hotels. Kim und Franzi folgten ihr so cool wie möglich.

Marie wollte gerade auf die Lobby zusteuern, als Franzi ihr plötzlich ins Ohr zischte: »Warte! Da kommt die Empfangschefin, mit der ich gesprochen habe.«

Frau Maurer trug über ihrem Dirndl einen eleganten Lodenmantel. Sie rollte zwei schwere dunkelblaue Koffer zum Ausgang und hatte sichtlich Mühe damit.

»Können wir Ihnen helfen?«, fragte Kim. Die Empfangschefin, die gerade den Zuggriff des einen Koffers höher stellte, hörte sie nicht.

»Hallo, Frau Maurer«, sagte Franzi etwas lauter, »Wir können Ihnen gerne helfen!«

Die Empfangschefin drehte sich überrascht um. Sie erkannte Franzi wieder, hatte aber heute offensichtlich keine Zeit für freundliche Worte. »Nein danke«, lehnte sie ab. Es klang fast schon schroff. »Das schaffe ich sehr gut alleine.« Energisch ging sie an den Detektivinnen vorbei zur Drehtür.

Franzi starrte ihr hinterher. »Was hat sie denn? Wir wollten ihr doch bloß helfen.«

Kim zuckte mit den Schultern. »Auch Hotelangestellte dürfen mal schlechte Laune haben. Ihr Job ist stressig genug.«

Franzi wunderte sich trotzdem. Sie war nicht recht bei der Sache, als Marie an der Rezeption nach Simon fragte. Die ausgesprochen höfliche junge Dame konnte ihnen leider keine Auskunft geben. Sie versicherte glaubhaft, sie wisse nicht, wo sich der Junior gerade aufhalte.

»Dann würden wir gerne Herrn Brugger senior sprechen«, sagte Marie selbstbewusst.

Kim und Franzi standen mit offenen Mündern daneben. Diese Aktion war nicht abgesprochen gewesen. Marie überraschte sie immer wieder mit ihren spontanen Einfällen.

Die Angestellte griff nach dem Hörer des Haustelefons. »Wen darf ich melden und worum geht es?«

Marie erfand blitzschnell eine neue Persönlichkeit für sich und ihre Freundinnen. »Mein Name ist Maria. Eine Cousine von mir und meinen Schwestern hier wurde bei einem Lawinenunglück verletzt. Wir haben gehört, dass Toni immer noch vermisst wird, und wollten Herrn Brugger gerne Trost spenden.«

»Das ist aber nett von euch!«, sagte die Angestellte mit dem Telefonhörer am Ohr. »Da wird er sich bestimmt freuen.« Sie wechselte ein paar kurze Worte mit dem Besitzer des Hotels, dann legte sie auf. »Herr Brugger erwartet euch in seinem Büro. Ich zeige euch den Weg.« Lächelnd nahm sie ihnen die Mäntel und Jacken ab.

Das Büro des Hoteldirektors war ein länglicher Raum, der von einer schweren Bücherwand dominiert wurde. Ein wuchtiger Schreibtisch aus dunklem Holz stand am Fenster. Das alles wirkte vornehm, aber auch ein wenig streng und bedrückend.

Herr Brugger senior passte in das Ambiente. Der Hoteldirektor war ein tadellos im Trachtenanzug gekleideter Mann Ende fünfzig. Seine dünnen, grauen Haare waren akkurat gescheitelt und sein hageres Gesicht von vielen Falten durchzogen. Er kam den Detektivinnen mit ausgestreckter Hand entgegen. »Herzlich willkommen!«

»Es ist uns eine Ehre, Herr Brugger«, sagte Marie. »Ich bin Maria und das sind meine Schwestern Karin und Felizitas. Wir wollten Ihnen Mut machen. Unsere Cousine wurde vor einem Jahr von einer Lawine verschüttet. Man hat lange nach ihr gesucht. Sie war schwer verletzt, aber sie hat überlebt und heute ist sie wieder ganz gesund.«

»Vielen Dank«, sagte der Hoteldirektor. Stumm zeigte er auf ein braunes Ledersofa vor seinem Schreibtisch.

Die drei !!! nahmen Platz und warteten. Herr Brugger kehrte zu seinem Arbeitsplatz zurück. Er sah sie mit unendlich traurigen Augen an und schwieg lange, bevor er sich räusperte. »Toni, der arme Toni ... Ja, die Berge sind grausam. Aber ihr habt recht. Man darf die Hoffnung nie aufgeben. Wenn ich wenigstens etwas tun könnte, ihm helfen ... Aber ich kann nur warten, beten und an ein Wunder glauben – und an unsere Lawinenhunde ...« Seine Stimme war immer brüchiger geworden und versagte schließlich ganz.

Kim und Franzi tauschten einen schnellen Blick. Damit war ihnen klar, dass der Hoteldirektor bisher wohl keine Lösegeldforderung bekommen hatte.

»Ihr Sohn wird gerettet werden!« Marie legte all ihre positive Energie in diesen Satz. Auf einmal musste sie an ihren Vater denken. Wenn er jetzt hier sitzen würde und nicht wüsste, ob seine Tochter noch lebte. Ob er das zweite Mal in seinem Leben einen Menschen verlieren würde, den er über alles liebte. Maries Herz wurde schwer vor Schmerz. So schwer, dass sie nicht weiterreden konnte.

Franzi sprang für sie ein. »Wie geht es denn jetzt weiter? Werden die Rettungskräfte noch mal verstärkt?«

»Ja«, sagte Herr Brugger und Tränen schimmerten in seinen Augenwinkeln. »Die Menschen hier tun alles für meinen Sohn. Aber die Angst können sie mir nicht nehmen, die Angst … ihn zu verlieren. Und nun steht auch noch der Dreikönigstag an …«

»Was ist denn für den Dreikönigstag geplant?«, fragte Kim.

Der Hoteldirektor lehnte sich in seinem Stuhl zurück. Er hielt sich kerzengerade und wirkte dennoch plötzlich unsicher. »Das ist immer Tonis großer Tag gewesen. Er engagiert sich sehr für ein Entwicklungshilfeprojekt für Afrika. Am sechsten Januar ist er immer gemeinsam mit den Sternsingern von Haus zu Haus gezogen, um Spenden zu sammeln. Simon hat leider gar keinen Sinn für so etwas …«

Die drei !!! sahen sich betroffen an. Dann gab sich Franzi einen Ruck. »Wir könnten Toni vertreten. Natürlich nur, wenn Sie damit einverstanden sind.«

Herr Brugger zögerte. »Ich weiß nicht.«

»Vertrauen Sie uns«, sagte Marie. »Wir haben Erfahrung in solchen Dingen. Ich nehme regelmäßig Schauspielunterricht, Felizitas kann ganz toll tanzen und Karin singt wie ein Engel.«

Kim wurde rot. Marie übertrieb wieder mal schamlos. Nur weil sie beim Abschlusskonzert im *Rock Camp* einen erfolgreichen Auftritt hingelegt hatte, hieß das noch lange nicht, dass sie die perfekte Sängerin war.

Der Hoteldirektor nickte. »Sehr schön, sehr schön.« Dann betrachtete er die Detektivinnen nachdenklich. »Vielleicht könnt ihr ja wirklich mithelfen.«

»Wir werden Sie nicht enttäuschen!«, versicherte Franzi. »Sie müssen uns nur sagen, wie alles ablaufen soll.«

Herr Brugger rang sich trotz Schmerz ein Lächeln ab. »Unsere Empfangschefin wird euch alle nötigen Informationen geben. Fragt einfach an der Rezeption nach Frau Maurer.«

»Das machen wir«, sagte Marie.

Die drei !!! standen auf und verabschiedeten sich. Herr Brugger sah müde aus, als er ihnen die Hand reichte. Sie ließen ihn mit seinen vielen Büchern und dunklen Möbeln zurück und hofften, dass er sich nach ihrem Besuch nicht mehr ganz so einsam fühlte wie vorher.

Als sie in die Lobby zurückkehrten, empfing sie wieder die Angestellte im hellblauen Dirndl. »Und, konntet ihr unseren Chef trösten?«

»Ein bisschen schon«, sagte Marie. »Er hat uns

an Frau Maurer verwiesen. Können wir die Empfangschefin kurz sprechen?«

Die Angestellte schüttelte bedauernd den Kopf. »Momentan leider nicht. Frau Maurer ist unterwegs. Ihr habt ja vorhin gesehen, dass sie weggegangen ist. Sie wird aber in etwa einer halben Stunde zurückkommen.«

Die Detektivinnen waren erst einmal ratlos. Doch dann fiel Maries Blick auf einen Wegweiser neben der Rezeption. »Hotelcafé« stand dort in geschwungenen Buchstaben neben einem Pfeil.

»Bitte richten Sie Frau Maurer aus, dass wir im Café auf sie warten«, sagte Marie. »Was haltet ihr von Linzer Torte und Kakao, Karin, Felizitas?« Sie betonte die Namen extra deutlich.

Kim unterdrückte nur mühsam ein Kichern. »Sehr gerne, Maria!«

Das Hotelcafé war wie der Wellnessbereich im asiatischen Stil eingerichtet. Es gab schlichte Hocker aus unbehandeltem Eichenholz und auf den Tischen lagen hübsche Bastmatten. Nur das Angebot an Kuchen und Torten war alles andere als reduziert. Hinter der Vitrine stapelten sich sämtliche Köstlichkeiten, die Österreichs süße Küche zu bieten hatte.

»Was nehme ich bloß?«, murmelte Kim unschlüssig. »Linzer Torte oder doch lieber einen Apfelstrudel mit Vanillesoße?«

»Du nimmst erst mal das hier!« Marie raschelte

mit ihrer Tüte und drückte der verblüfften Kim die Perücke mit den Rastazöpfen in die Hand.

»Was soll das denn?«, fragte Kim. »Damit sehe ich schrecklich aus.«

»Egal!«, sagte Franzi und deutete unauffällig zum Eingang des Cafés. In der Tür stand ein Paar: Simon und Chrissie!

Chrissies Geständnis

Der Ober, der an den Tisch in der Fensternische kam, hatte derart merkwürdige Gäste noch nie gesehen. Die jungen Frauen schienen gerade von einem Kostümball zu kommen. Eine sah aus wie Pumuckl, eine andere wie ein Hippiemädchen und die dritte wie die Sängerin Pink. Doch jahrelange Arbeit in einem 5-Sterne-Haus hatten ihn gelehrt, dass man auch in solchen Fällen stets freundlich und diskret bleiben musste.

»Einen wunderschönen Nachmittag, die Damen«, begrüßte er die Gäste. »Was darf ich Ihnen bringen?«

»Einen Apfelstrudel mit Vanillesoße«, sagte das Hippiemädchen. »Und dazu heißen Kakao, mit Vanille-Aroma, wenn das möglich ist.«

Ihre Begleiterinnen nickten. »Für uns auch.«

Der Ober deutete eine knappe Verbeugung an. »Sehr gerne. Kommt sofort.«

Sobald er den Gästen den Rücken kehrte, fingen die drei !!! an zu tuscheln.

»Das war knapp! Beinahe hätten sie uns erkannt«, flüsterte Franzi.

»Cool bleiben«, sagte Marie. »Der Tisch hier ist perfekt. Wir können alles beobachten und hören, ohne selbst gesehen zu werden.«

Simon und Chrissie saßen nur ein paar Meter entfernt an einem Tisch in der Mitte des Hotelcafés. Sie waren neben Kim, Marie, Franzi und einem älteren Herrn mit Hörgerät die einzigen Gäste. Die beiden waren so mit sich selbst beschäftigt, dass sie gar nicht auf ihre Umgebung achteten. Simon wirkte blass, hatte jedoch wieder sein typisches verschmitztes Grinsen um den Mund. Chrissie dagegen schien ziemlich aufgelöst zu sein. Ständig zupfte sie an ihren roten Locken oder schob die Kuchengabel auf dem Tisch hin und her. Ihr Joghurttörtchen hatte sie noch nicht angerührt.

»Iss doch!«, sagte Simon, der sich seinen Käsekuchen schmecken ließ. »Ist echt lecker.«

Chrissie sah ihm ungläubig dabei zu. »Wie du jetzt nur was essen kannst!«

Simon schluckte schwer an seinem letzten Bissen. Sein Grinsen verschwand. »Mensch, Chrissie! Wir können nicht jede Sekunde in Angst und Trauer versinken. Wir hatten doch vereinbart, dass wir auch mal abschalten wollten.«

»Mir geht es nicht gut«, sagte Franzis Schwester. »Ich fühle mich so schuldig, weil …«

Ausgerechnet im spannendsten Augenblick brachte der Ober ein großes silbernes Tablett mit den Bestellungen für die Detektivinnen. »Dreimal Apfelstrudel, dreimal Kakao mit Vanille-Aroma.«

»Vielen Dank«, sagte Kim. »Wir machen das schon selbst, danke.«

Leicht beleidigt, weil er die Teller nicht formvollendet auf dem Tisch drapieren durfte, zog der Ober wieder ab. Die drei !!! hatten keine Zeit, sich um seine Gefühle zu kümmern. Womöglich hatten sie gerade das Wichtigste verpasst. Ein Blick hinüber zum Tisch der verdächtigen Zielobjekte beruhigte sie. Weil Chrissie plötzlich die Tränen gekommen waren, hatte sie ihren Satz offenbar nicht zu Ende gebracht.

Simon reichte ihr ein Stofftaschentuch. »Du musst dich doch nicht schuldig fühlen. Das ist Unsinn.«

Chrissie tupfte die Tränen ab und achtete sorgfältig darauf, ihr Make-up nicht zu verwischen. »Tue ich aber! Ich hätte Toni auf der Piste nicht im Stich lassen dürfen.«

Simons Augen wanderten unruhig zum Tisch des älteren Herrn hinüber. Kim, Franzi und Marie hatte er seltsamerweise immer noch nicht bemerkt. »Du hast alles getan, was du tun konntest«, sagte Simon etwas leiser. »Du hast ihn nach seinem Sturz, als er ohnmächtig wurde, an den Rand der Piste gebracht.«

Chrissie nickte. »Ja, aber dann hab ich versagt. Ich hab das Grollen der Lawine gehört und mir ist nichts Besseres eingefallen, als mich selbst in Sicherheit zu bringen.«

Die drei !!! lauschten mit offenen Mündern.

Simon fuhr sich nervös mit den Fingern durch die blonden Haare. »Du bist in Panik geraten. Du hattest Angst um dein Leben. Das ist völlig normal – und menschlich. Mach dir deswegen bloß keinen Kopf.«

Chrissie beruhigte sich etwas. Sie probierte von ihrem Joghurttörtchen und nahm einen Schluck Cappuccino. Dann musterte sie Simon, der sich wieder mit seinem Käsekuchen beschäftigte. »Sag mal, und wie ist das bei dir? Fühlst du dich eigentlich gar nicht schuldig?«

Auf Simons Stirn bildete sich eine ärgerliche Falte. »Chrissie, bitte! Jetzt fang nicht schon wieder damit an.«

Franzis Schwester ließ nicht locker. »Wenn du es nicht selbst tust, muss ich dich eben daran erinnern. Tut es dir gar nicht leid? Schließlich bist du einfach weitergefahren, obwohl du mitbekommen hast, dass Toni gestürzt war.«

Franzi konnte nicht glauben, was sie da gerade gehört hatte. Simon hatte seinen eigenen Bruder auf der Piste im Stich gelassen?

»Natürlich tut es mir leid.« Simon schlug die Augen nieder. Er schien auf seinem leeren Kuchenteller nach einem Ausweg zu suchen.

»Du musst deinem Vater endlich die Wahrheit

sagen!«, flehte Chrissie ihn an. »Das wird dein Gewissen erleichtern.«

»Hör auf, mir Ratschläge zu geben!« Simon war jetzt richtig wütend geworden. »Du hast keine Ahnung, wie schwierig mein Vater sein kann. Aber tu dir keinen Zwang an. Geh du doch zu ihm und erzähle ihm alles.«

Chrissie faltete mit zitternden Fingern Simons Stofftaschentuch zusammen. Auf der Oberseite schimmerte ein weinrotes Monogramm, vermutlich die Anfangsbuchstaben von Simons Namen. »Das traust du mir zu? Nein, so was würde ich nie machen. Ich werde dich nicht verraten. Dazu hab ich dich viel zu gern.« Chrissie beugte sich vor und strich liebevoll über Simons Arm.

Der zuckte zurück. Dann schlug er sich stöhnend die Hände vors Gesicht. »Ich wollte das nicht! Ich hatte solche Panik vor der Lawine. Wenn so etwas noch mal passieren würde, würde ich ihn retten, sofort. Aber es ist zu spät.«

Chrissie stand auf, ging um den Tisch herum und umarmte Simon. Während die beiden gegenseitig die Köpfe in den Haaren des anderen vergruben, standen die drei !!! lautlos auf und verließen auf Zehenspitzen das Café.

Beim Ausgang kam ihnen der Ober entgegen. »Die Damen wollen schon gehen? Darf ich fragen, ob Sie die Rechnung vielleicht mit Kreditkarte begleichen möchten? Wir akzeptieren ...« Wortlos drückte Marie ihm einen Geldschein in die Hand. »Der Rest ist für Sie.«

»Vielen herzlichen Dank.« Der Ober nahm das großzügige Trinkgeld erfreut entgegen und zog sich mit einer knappen Verbeugung zurück.

Kim starrte ihm kopfschüttelnd hinterher. »Komische Vögel gibt es in diesen Luxushotels. Das ist echt nicht meine Welt.«

»Meine schon«, sagte Marie. Sie fing an, von dem Hotel an der Cote d'Azur zu schwärmen, in dem die drei !!! mal gewesen waren, und bekam nur aus den Augenwinkeln mit, wie Franzi zum Fenster lief.

Aufgeregt presste sie die Nase gegen die getönte Glasscheibe. Sie hatte sich nicht getäuscht. Ein schwarzes Auto bog gerade auf den Hotelparkplatz ein. Es konnte natürlich nur ein Zufall sein – oder auch nicht. Franzi starrte angestrengt hinaus. Als der Wagen zum Stehen kam, konnte sie das Kennzeichen endlich gut lesen. »Kommt her!«, rief sie aufgeregt. »Das ist das Auto, in das Toni oder der Mann, der wie Toni aussah, gestiegen ist!«

»Was? Bist du sicher?«, rief Kim und rannte mit Marie zum Fenster.

Die beiden hatten sich das Kennzeichen ebenfalls gemerkt. Es gab keinen Zweifel. Gebannt warteten die Detektivinnen darauf, dass sich die Fahrertür öffnete. Ein langes, schlankes Frauenbein in Seidenstrümpfen tauchte auf, dann ein zweites. Über den Seidenstrümpfen trug die elegante Dame einen dunkelgrünen Lodenmantel.

»Frau Maurer!«, murmelte Marie fassungslos. »Was hat die denn mit der ganzen Sache zu tun?«

»Das werden wir gleich erfahren.« Franzi ballte beide Fäuste. In ihrem Bauch stieg eine unglaubliche Wut auf. Eigentlich war es die Wut auf Felipe, aber jetzt kam sie gerade recht. Franzi würde sie geschickt umlenken.

»Langsam, langsam!«, warnte Kim. »Wir müssen das Ganze geschickt anfangen und dürfen nicht gleich mit der Tür ins Haus fallen.«

»Geht klar«, sagte Marie. Dann deutete sie grinsend auf die Frisuren ihrer Freundinnen. »Aber vielleicht besser nicht in diesem Aufzug.«

Kichernd rissen sich die drei !!! ihre auffälligen Perücken vom Kopf. Dann liefen sie der Empfangschefin entgegen, die in diesem Moment mit einem Schlüsselbund in der Hand durch die Drehtür trat.

»Hallo, Frau Maurer!«, sagte Kim. »Herr Brugger senior schickt uns. Es geht um den Sternsingerumzug.«

Frau Maurer war mit ihren Gedanken anscheinend ganz weit weg gewesen. »Der Umzug? Ah … ja. Bitte, kommt doch mit zur Piano-Lounge.« Die Empfangschefin zog ihren Mantel aus und gab ihn einer Kollegin an der Rezeption. »Bin gleich wieder da.«

Am Flügel der Lounge saß heute ein junger Pianist, der Jazzmelodien vor sich hin klimperte und die neuen Gäste mit einem leichten Kopfnicken begrüßte. Sie nahmen in den braunen Clubsesseln Platz. Frau Maurer blieb an der äußersten Kante sitzen und hielt sich kerzengerade. »Bitte, was kann ich für euch tun?«

»Herr Brugger möchte, dass wir beim morgigen Umzug helfen«, fing Kim an. »Wir würden gerne mit den Sternsingern von Haus zu Haus ziehen und Spendengelder einsammeln. Herr Brugger hat uns an Sie verwiesen. Sie sind vermutlich für die Organisation zuständig?«

»Ja, das bin ich!« Die Empfangschefin war in ihrem Element. In knappen, klaren Sätzen erklärte sie den drei !!! den Ablauf und die Besonderheiten des Umzugs. Danach durften sie sich in der Kleiderkammer der Hotelangestellten die Dirndl aussuchen, die sie beim Fest tragen würden.

»Super, vielen Dank!«, sagte Marie überschwänglich, als sie wieder in der Piano-Lounge waren. »Es wird bestimmt ein wundervoller Tag werden. Die meisten Leute werden nichts von dem Schatten bemerken, der dieses Jahr auf dem Fest liegt.«

Frau Maurer presste die Lippen aufeinander. »Ja, das hoffen wir natürlich alle.«

Marie seufzte. »Ich wollte damit nicht sagen, dass nicht trotzdem alle Toni vermissen werden.«

Die Empfangschefin nestelte an ihrer Hochsteckfrisur und klemmte eine winzige Strähne, die sich gelöst hatte, wieder fest. »Ja.« Ihre Antworten wurden deutlich einsilbiger.

»Es ist ja immer noch nicht sicher, ob Toni wirklich bei dem Lawinenunglück gestorben ist«, warf Franzi in den Raum. Zufällig machte der Pianist gerade jetzt eine Pause. Auf diese Weise bekamen Franzis Worte noch mehr Gewicht.

»Nun ja«, sagte Frau Maurer. Trotz Schminke sah man, dass sie rot geworden war. Hastig wechselte sie das Thema. »Ich hoffe, ich habe alle eure Fragen zum Umzug beantwortet? Schön. Wir sehen uns dann morgen. Ihr entschuldigt mich? Ich darf meine Kollegin an der Rezeption nicht so lange allein lassen.« Bis zur letzten Sekunde blieb die Empfangschefin freundlich, aber der Abschied fiel doch reichlich kühl aus.

Als der Pianist wieder anfing zu spielen, raunte Kim ihren Freundinnen zu: »Ich wette, sie hat was mit Tonis Verschwinden zu tun! Vielleicht hat sie ihn ja entführt? Aber warum sollte sie das tun?«

»Das werden wir schon noch herausfinden – und zwar bald!«, sagte Marie.

Der verräterische Brief

Im Grunde mussten die drei !!! nur noch eins und eins zusammenzählen: Frau Maurer war die Besitzerin des schwarzen Wagens und sie hatte sich im Gespräch sehr ausweichend verhalten. Da schien es gar nicht so abwegig zu sein, dass sie Toni irgendwo versteckt hielt, womöglich sogar in ihrem eigenen Haus. Die naheliegenden Schlussfolgerungen waren in der Regel die besten.

Marie zückte ihr Handy. »Kim, du hast doch noch die Visitenkarte von Hans Schachner. Ich glaube, da muss jetzt unser Heimatautor ran.«

»Klar«, sagte Kim und reichte Marie die Karte über den Tisch. Franzi schlug sich begeistert mit der flachen Hand auf den Oberschenkel. »Du hast recht, Marie! Der kennt hier im Ort Hinz und Kunz.«

»Hallo? Ja, hier ist Marie … Danke, uns geht es gut. Wir hätten eine kurze Frage: Wissen Sie zufällig, wo Frau Maurer wohnt, die Empfangschefin vom *Brugger Hotel-Ressort und Spa?«* Marie strahlte und kritzelte schnell etwas auf die Rückseite der Visitenkarte. Dann lauschte sie noch eine Weile, bedankte sich und legte auf. »Er wusste die Adresse. Er hat mir sogar noch den Weg dahin beschrieben. Und ich weiß jetzt auch, dass Maurer der Mädchenname der Empfangschefin ist, den sie nur im Hotel benutzt. Überall sonst trägt sie noch den Namen ihres geschiedenen Mannes: Mühlbaum.«

Kim sprang auf. »Dann nichts wie los!«

Die drei !!! holten sich ihre Jacken bei der Rezeption ab, wo Frau Maurer merkwürdigerweise nicht hinter dem Tresen stand. Plötzlich konnte sie ihre Kollegin doch alleine lassen. Schnell zogen sich Kim, Franzi und Marie an und verließen das Hotel. Die Chancen standen gut, dass sie die Empfangschefin auf frischer Tat ertappten.

Es war nicht weit bis zu der Adresse, die Hans Schachner ihnen gegeben hatte. Kurz vor dem Ziel kam ihnen die Umgebung plötzlich sehr vertraut vor. Das Haus stand direkt neben dem *Café Bergblick*!

Marie rief: »Mühlbaum! Warum bin ich da nicht gleich drauf gekommen? Der Name kam mir sofort so bekannt vor. Oh Mann, dann war ich hier also doch richtig! Ich hab es nur nicht gewusst.«

Kim und Franzi schauten Marie ratlos an. Als die ihre Freundinnen über die Zusammenhänge aufgeklärt hatte, konnten sie es auch kaum glauben. So was war ihnen in ihrer Laufbahn als Detektivinnen noch nie passiert.

»Seid ihr bereit?«, fragte Franzi. Kim und Marie nickten und Franzi drückte energisch auf die Klingel.

Zögernd ging die Tür auf. Es war wieder das Mädchen mit dem braunen Pferdeschwanz. Diesmal trug es Jeans und einen roten Norwegerpulli. Natürlich erkannte es Marie sofort, war allerdings noch weniger begeistert als bei ihrem ersten Besuch. »Ja? Was wollt ihr?«

»Wir müssen mit deiner Mutter sprechen«, sagte Kim. »Frau Maurer ist doch deine Mutter, richtig?«

Das Mädchen behandelte die drei !!! wie lästige Vertreter, die ihre kostbare Zeit stahlen. »Ja, aber sie ist nicht da. Ciao!«

Franzi machte einen Schritt nach vorne und blockierte mit ihrem Ellbogen die Tür. »Nicht so schnell. Wie heißt du noch gleich?«

»Sarah«, sagte das Mädchen widerwillig. Franzi lächelte. »Also hör zu, Sarah. Deine Mutter erwartet uns, sie muss uns noch Informationen für morgen geben. Wir machen nämlich bei der Sternsingeraktion mit.«

Sarah schwieg unbeeindruckt.

»Wir brauchen die Infos so bald wie möglich, sonst schaffen wir die Vorbereitungen nicht mehr rechtzeitig«, sagte Marie. »Es wäre sehr nett, wenn du uns ins Haus lässt. Wir werden dort auf deine Mutter warten.«

Sarah stöhnte. »Es ist aber nicht besonders aufgeräumt.«

Kim interpretierte die Antwort als freundliche Einladung. »Kein Problem, das stört uns überhaupt nicht«, sagte sie mit einem strahlenden Lächeln.

Endlich durften die drei !!! das Haus betreten. Im Flur sah es nicht unordentlicher aus als bei Franzi zu Hause. Auf der Kommode lagen ein angebissener Apfel und ein Stapel Werbeprospekte. Die Tür dahinter stand offen, doch Sarah zog sie blitzschnell zu. »Ihr könnt in der Küche warten.« Sie führte Kim, Marie und Franzi eine Tür weiter.

Es war eine helle Wohnküche mit einem langen Holztisch und zwei Bänken. Auf dem Tisch stand ein hübsches Trockenblumengesteck mit Kerzen. Aber da Sarah nicht daran dachte, ihnen etwas zu trinken anzubieten, und misstrauisch jede ihrer Bewegungen beobachtete, richteten sich die Detektivinnen auf eine ungemütliche Wartezeit ein.

Nach zehn Minuten Dauerschweigen, das nur vom Ticken der Wanduhr unterbrochen wurde, stand Kim auf. »Ich muss dringend aufs Klo. Wo ist denn bei euch das Bad?«

»Gleich gegenüber«, sagte Sarah.

Kim verschwand mit ihrem Detektivrucksack im Flur. Zuerst ging sie tatsächlich ins Bad und klappte den Toilettendeckel extra laut auf. Doch dann schlich sie lautlos zurück in den Flur, um sich das Zimmer anzusehen, das Sarah vor fremden Blicken schützen wollte. Sie ließ die Tür angelehnt, um sofort mitzubekommen, falls Sarah die Küche verlassen sollte.

Die Wände des Raums waren meerblau gestrichen. Dazu passten die maritimen Vorhänge mit den blau-weißen Streifen und die weiß lackierten Möbel. Es schien sich um ein Gästezimmer zu handeln. »Hübsch«, murmelte Kim.

Plötzlich weiteten sich ihre Augen. Vor dem Bett standen zwei große dunkelblaue Rollkoffer, die sie sofort wiedererkannte. Es waren dieselben Koffer, die Frau Maurer durch die Hotellobby gerollt hatte. Kim versuchte einen davon anzuheben und ächzte. Er war extrem schwer. Dann fiel ihr Blick auf den Schreibtisch. Dort lag ein Briefumschlag einer bekannten Fluggesellschaft. Kim öffnete ihren Rucksack und zog sich dünne Gummihandschuhe über, um keine Fingerabdrücke zu hinterlassen. Vorsichtig nahm sie das Ticket aus dem Umschlag. Es war ein One-Way-Flug in die Karibik, ausgestellt am 4. Januar auf den Namen Toni Brugger. Als Abreisetag war der 6. Januar aufgedruckt, Abflug um 23:05 Uhr.

Kim lächelte zufrieden. Endlich kam Licht ins Dunkel dieses komplizierten Falls! Kim war klar, dass sie nur noch kurz Zeit hatte, sich weiter im Zimmer umzuschauen, damit Sarah keinen Verdacht schöpfte. Und dann musste sie mit Marie und Franzi unter einem Vorwand schnell aus dem Haus verschwinden und ihren Freundinnen die unglaubliche Neuigkeit erzählen.

Bevor Kim den Schreibtisch nach weiteren Beweisstücken durchsuchen konnte, hörte sie im Flur ein leises Geräusch. Durch die angelehnte Tür sah sie, wie draußen ein Mann vorbeihuschte. Kim rieb sich die Augen. Das war doch Toni! Eine Sekunde lang überlegte sie, ob sie ihm nachschleichen sollte, aber dann entschied sie sich dagegen. Es war besser, wenn Sarah und Toni ahnungslos blieben.

Schnell suchte Kim weiter – und wurde prompt fündig. Der handschriftliche Brief, der als Lesezeichen in einem Krimi steckte, beseitigte auch noch die letzten offenen Fragen.

Lieber Toni,
du weißt, dass du immer zu mir kommen kannst. Wenn es dir nicht gut geht, wenn du mit jemandem reden möchtest oder einmal nicht mehr weiterweißt. Ich bin immer für dich da. Ich kenne dich schon so lange. Und ich erinnere mich noch so gut, wie stark du bereits als kleiner Junge warst. Stark und voller Träume.

Auch wenn andere darüber lachen mögen, ich bewundere deinen großen Traum. Du möchtest in die Karibik auswandern und dort Surflehrer werden. Die-

ser Wunsch ist über Jahre in dir gereift. Es ist keine spontane, verrückte Idee. Lieber Toni: Wenn du diesen Wunsch – gegen alle Widerstände – durchsetzen möchtest, kannst du auf meine Unterstützung zählen. Gemeinsam werden wir dann auch eine Lösung finden, damit du trotzdem beim Dreikönigstag mitmachen kannst. Lass es mich wissen, wenn du deinen Traum verwirklichen willst. Ich werde für dich da sein.
In Liebe,
deine Helene

Dreikönigstag

Am nächsten Morgen wartete im Gemeinschaftsraum eine Überraschung auf Franzi. Auf ihrem Platz stand ein goldgelber Hefekranz mit kandierten Früchten. Die Früchte waren so angeordnet, dass sie den Schriftzug »Für Franzi« bildeten.

Kim zwinkerte Franzi zu. »Wie hast du das denn geschafft? Hast du die Köchin bestochen?«

»Ich hab gar nichts getan«, beteuerte Franzi und starrte ratlos auf den Kuchen. Die Sonderbehandlung war ihr ein bisschen peinlich. Zum Glück waren die drei !!! noch alleine im Gemeinschaftsraum. Verenas dumme Kommentare hätten Franzi jetzt gerade noch gefehlt.

Franzi war kurz davor, in die Küche zu gehen und sich bei der Köchin zu bedanken, als plötzlich ein Junge hinter dem Kamin auftauchte.

»Bitte renn nicht gleich wieder weg«, sagte Felipe. Er trug einen schneeweißen Rollkragenpullover zur schwarzen Hose und sah umwerfend aus. »Alles Gute zum Dreikönigstag! Ich habe dir einen *Rosca de Reyes* gebacken, den traditionellen Dreikönigskuchen aus Mexiko.«

»Wie süß«, flüsterte Marie Kim zu.

Franzi war wie erstarrt. Ein Teil von ihr wollte Felipe umarmen, ein anderer Teil wollte davonlaufen. Warum machte er bloß solche Sachen? Auf diese Weise fiel es ihr noch schwerer, ihn zu hassen.

»Möchtest du ein Stück probieren?«, fragte Felipe. »Das Rezept ist von meiner Mutter. Innen ist übrigens eine Jesusfigur versteckt. Es gibt einen Brauch bei uns in Mexiko. Wer die Figur findet, muss ...«

»Nein danke«, unterbrach ihn Franzi. Sie würde keinen Bissen hinunterbekommen und es war auch nicht der richtige Zeitpunkt, um über mexikanische Bräuche zu plaudern.

Felipe legte traurig das Messer, mit dem er den Kuchen hatte anschneiden wollen, zurück auf den Tisch. »Okay. Ich wollte dir nicht nur den *Rosca de Reyes* bringen. Ich wollte dir auch sagen, wie unglücklich ich bin, wie alles gelaufen ist. Ich liebe dich. Lass uns reden. Wir müssen uns aussprechen.«

Seine dunkelbraunen Augen waren so offen und ehrlich auf sie gerichtet, dass Franzi sich plötzlich überhaupt nicht mehr vorstellen konnte, dass er sie so übel belogen hatte. Also sprang sie über ihren Schatten und fragte ihn noch einmal: »Was hast du am 27. Dezember abends gemacht? Und bitte lüg mich nicht an. Ich weiß, dass du deinem Onkel nicht bei seiner Zaubershow geholfen hast.«

Felipe schüttelte langsam den Kopf. »Ich hab nicht gelogen. Es war nämlich so …«

Franzi stiegen Tränen in die Augen. Warum konnte Felipe seinen Fehler nicht einfach zugeben? Sie wollte sich seine Erklärungen und Ausflüchte nicht anhören. Und sie wollte nicht, dass Felipe ihre Tränen sah. Schnell drehte Franzi sich um und rannte aus dem Gemeinschaftsraum.

»Warte doch. Bitte!«, hörte sie Felipe hinter sich herrufen. Er klang richtig verzweifelt.

Am liebsten wäre Franzi umgekehrt, aber dazu war sie zu stolz.

Mit knurrendem Magen wartete sie in ihrer Hütte, bis Kim und Marie endlich vom Frühstück zurückkamen.

»Hier. Wir haben dir was mitgebracht.« Marie gab Franzi ein Mohnbrötchen, das sie extra dick mit Butter bestrichen hatte. »Damit du beim Sternsingerumzug nicht umkippst.«

»Danke«, sagte Franzi und dann sagte sie erst einmal nichts mehr, weil sie vollauf mit Kauen beschäftigt war.

Kim seufzte. »Wir sollen dir von Felipe ausrichten, dass er in der Pension auf dich wartet. Der Arme leidet total. Du solltest wirklich mit ihm reden.«

»Hmm … Mache ich schon noch«, nuschelte

Franzi. Sie klopfte sich die Mohnbrösel von der Hose und ging zur Tür. »Aber vorher müssen wir unseren Fall zu Ende bringen.«

Im Tal schien das ganze Dorf auf den Beinen zu sein. Die Hauptstraße war mit bunten Girlanden geschmückt. Auf den Gehsteigen drängten sich die wartenden Menschen. Alle hatten ihre Festtagskleider angezogen und freuten sich über das schöne Wetter. Franzi wurde bald von der feierlichen Stimmung angesteckt. Auch sie konnte es kaum erwarten, bis der Umzug endlich begann. Tom hatte natürlich nichts dagegen gehabt, dass sie daran teilnahmen. Außerdem war das Fest der gelungene Abschluss für die ganze Gruppe.

»Und, wie sehe ich aus?«, fragte Marie ihre Freundinnen. Sie drehte sich, bis der Glockenrock ihres Dirndls um ihre schlanken Beine wirbelte.

»Einfach toll!«, sagte Kim ohne eine Spur von Neid. Sie selbst fühlte sich ein bisschen unwohl im Dirndl, was vor allem daran lag, dass es eine Spur zu eng geschnitten war. Frau Maurer hatte leider nur für Marie und Franzi die richtige Größe dagehabt. Trotzdem war es Ehrensache für Kim, dass sie am Umzug in Festtagskleidung teilnahm.

»Also«, sagte Franzi zu ihren Freundinnen. »Jetzt heißt es Augen und Ohren offen halten! Toni muss hier irgendwo sein. Wir müssen ihn unbedingt finden und mit ihm sprechen, bevor er heute Abend tatsächlich in die Karibik fliegt.«

Die drei !!! gingen zur Kirche und tauchten unter dem gelben Absperrband durch, das die Feuerwehr aus Sicherheitsgründen gespannt hatte. Damit ernteten sie ein paar murrende Kommentare von den Leuten. Nur ihre Freunde vom Jugendzentrum klatschten begeistert und der Pfarrer nickte ihnen freundlich zu,

»Das geht schon in Ordnung«, versicherte Frau Maurer, die mit Herrn Brugger und einem Feuerwehrmann die Detektivinnen begrüßte. »Schön, dass ihr da seid!« Ihr Gesicht war völlig entspannt. Keine Regung, kein nervöses Muskelzucken verrieten, dass sie vom Besuch der drei !!! in ihrem Haus etwas wusste. Vielleicht hatte ihre Tochter ihr gar nichts davon erzählt? Umso besser, dachte Kim. Dann würde sie ihnen heute nicht in die Quere kommen.

Der Hoteldirektor drückte jeder herzlich die Hand. Danach bekamen die Detektivinnen drei Spendenkörbchen, mit denen sie während des Umzugs herumgehen sollten. Herr Brugger und Frau Maurer wünschten ihnen viel Glück.

Dann läuteten die Glocken. Alle blickten erwartungsvoll zur Kirchentür. Vier junge Menschen traten heraus: drei Sternsinger und ein Mädchen, das einen goldenen Stern an einem langen Stab in der Hand hielt. Die Sternsinger trugen bodenlange, bunte Umhänge und kunstvoll gebastelte Kronen auf den Köpfen. Der Mohr stach nicht nur durch sein schwarz geschminktes Gesicht heraus, er war auch mit Abstand der Größte.

Die Sternsinger nickten Kim, Marie und Franzi kurz zu und gingen los. Ihre hellen Stimmen erfüllten die klare Winterluft.

Die drei !!! folgten den Sternsingern und sangen beim Refrain mit. Sie gingen mit ihren Körbchen zu den Menschen auf den Gehsteigen und sagten immer wieder: »Bitte eine Spende für Afrika!« – »Wer möchte Tonis Entwicklungsprojekt unterstützen?« – »Bitte geben Sie Geld für neue Schulen in Afrika!«

Die Leute waren großzügig. Viele Münzen, kleine und größere Scheine landeten in den Körben der freiwilligen Helferinnen. Kim, Franzi und Marie bedankten sich lächelnd. Nach außen hin waren sie voll bei der Sache, aber in Wirklichkeit hielten sie ständig nach Toni Ausschau.

Die Sternsinger blieben vor dem ersten Haus stehen, läuteten, sagten ihren Spruch auf und schrieben mit Kreide über die Tür die Jahreszahl und die Buchstaben C+M+B. Auch hier spendeten die Bewohner gerne. So ging es Haus für Haus weiter, mit Sprüchen und Liedern. Langsam wurden die Sternsinger heiser. Besonders der Mohr musste sich immer wieder zwischendurch räuspern. Marie fiel bei der Gelegenheit auf, dass er eine viel tiefere Stimme hatte als seine Begleiter. Er schien auch deutlich älter zu sein.

Flüsternd machte Marie ihre Freundinnen darauf aufmerksam. Zufällig drehte sich der Mohr in diesem Augenblick zu ihnen um. Ein Sonnenstrahl traf sein rechtes Ohrläppchen, in dem ein silbernes Kreuz aufblitzte.

Franzi erinnerte sich sofort an den Tag, als Toni ihr Tipps beim Snowboarden gegeben hatte. Hektisch gab sie Kim und Marie Zeichen. Die waren gar nicht mehr nötig. Die beiden hatten es zur gleichen Zeit bemerkt: Der Mohr war niemand anderes als Toni!

Der Rest war nur noch eine Frage des Timings. Als die Sternsinger eine Pause einlegten, um in einem Café Tee zu trinken und sich aufzuwärmen, umringten die drei !!! Toni und zogen ihn blitzschnell in den nächsten Hinterhof.

»Was soll das?«, protestierte der Mohr. »Was habt ihr denn vor?«

Kim lächelte entschuldigend. »Wir müssen dringend mit dir reden. Es ist wichtig.«

Marie nickte ernsthaft. »Es geht um deine Zukunft, Toni.«

»Wie habt ihr mich erkannt? Und was wisst ihr denn über meine Zukunft?«, fragte Toni. Seine braunen Augen, die durch die schwarze Hautfarbe noch dunkler wirkten, funkelten herausfordernd.

»Einiges«, sagte Franzi. »Zum Beispiel, dass du heute noch in die Karibik fliegen möchtest. Und dass deine Kinderfrau dir dabei geholfen hat.«

Toni sah die Detektivinnen verblüfft an. Als sie noch mehr Details ihrer Ermittlungen erwähnten und am Schluss ihre Visitenkarte präsentierten, war er völlig platt. »Okay…«, sagte er. »Wenn ihr sowieso schon fast alles herausgefunden habt, kann ich euch auch noch den Rest erzählen.« Er lehnte sich gegen die Hauswand und holte tief Luft. »Ja, es stimmt, ich will heute noch in die Karibik. Eigentlich dürfte ich gar nicht hier sein. Alles sollte heimlich stattfinden. Aber die Spendenaktion hat mir keine Ruhe gelassen. Ich wollte die Sternsinger nicht im Stich lassen. Deshalb hab ich mich als Mohr verkleidet.«

»Eine ziemlich gute Tarnung«, lobte Kim. »Keiner hat dich erkannt.«

Toni grinste schief. »Bis auf euch. Ihr seid echt clever. Ihr habt selbst herausgefunden, dass Simon und ich um die Wette gefahren sind. Der Gewinner sollte das Hotel übernehmen. Das Wettrennen war übrigens Simons Idee. Ich hab mitgemacht, wollte aber gar nicht gewinnen. Vielleicht hab ich mich deshalb bei der Fahrt nicht so konzentriert wie sonst. Der Sturz war nicht schlimm. Trotzdem bin ich kurz ohnmächtig geworden. Erst als ich aufgewacht bin, kam der große Schock: Die Lawine ist direkt auf mich zugerollt.«

Franzi malte sich lieber nicht aus, wie sie sich an Tonis Stelle gefühlt hätte. Es musste schrecklich sein, wenn man glaubte, in den nächsten Sekunden zu sterben.

»Ich hatte einen Schutzengel dabei oder gleich mehrere«, erzählte Toni weiter. »Fragt mich nicht, wie ich es geschafft habe. Irgendwie konnte ich mich vor der Lawine retten. Ich hab gewartet, bis sie an mir vorbeigerollt ist. Dann bin ich zu Helene geflüchtet. So heißt meine ehemalige Kinderfrau.«

Marie nickte. »Helene Mühlbaum, geborene Maurer. Sie ist geschieden, trägt aber immer noch den Namen ihres Mannes und hat eine Tochter.«

Toni staunte ein zweites Mal über die professionelle Arbeit der Detektivinnen. »Genau. Und als ich mich von meinem Schock erholt hatte, wurde mir bewusst, dass das die Chance für mich ist. Ich kann heimlich verschwinden, ohne mit meinem Vater reden zu müssen. Also hab ich mit Helene vereinbart, dass sie ihm Bescheid gibt, sobald ich in der Karibik angekommen bin. Mir ist natürlich klar, dass er toben wird, aber ich werde seine Wut nicht direkt abkriegen.«

Franzi konnte Toni gut verstehen. Auch sie riss sich nicht gerade um unangenehme Auseinandersetzungen mit ihren Eltern. Andererseits tat ihr

Herr Brugger leid. Er lebte schon seit Tagen mit der Angst, sein Sohn könnte tot sein.

Toni wickelte den Umhang fester um seine Schultern. »Eins müsst ihr mir versprechen: Ihr dürft mich nicht verraten!«

»Keine Angst«, sagte Kim. »Du kannst dich auf uns verlassen.« Insgeheim überlegte sie jedoch schon, wie sie Toni dazu bringen könnte, freiwillig zu seinem Vater zu gehen.

Toni schien beruhigt. »Eigentlich könnte alles so einfach sein. Simon wollte schon immer das Hotel übernehmen. Er ist sehr ehrgeizig und hat nie begriffen, dass ich mich überhaupt nicht darum reiße, das Familienunternehmen zu übernehmen. Im Gegenteil: Seit Jahren leide ich unter dem Druck, den mir mein Vater macht. Ihm konnte ich von meinem Traum nie erzählen. Ich wusste, er würde ihn nicht verstehen.«

»Bist du dir da ganz sicher?«, hakte Kim vorsichtig nach. »Du könntest es doch wenigstens mal versuchen.«

Toni schüttelte den Kopf. »Es hat keinen Sinn. Der Zug ist längst abgefahren.« Es war offensichtlich, dass er sich von seiner Meinung nicht abbringen lassen wollte.

Auch Marie drang mit ihrem Charme nicht zu ihm durch. Sie und Kim wollten schon aufgeben, als Franzi sich plötzlich zu Wort meldete:

»Bitte hör mir kurz zu, Toni. Ich stecke auch gerade in einer verfahrenen Situation. Ich hab mich mit meinem Freund gestritten und mich bis heute geweigert, mit ihm zu reden. Jetzt glaube ich, das war falsch. Ich werde ihm noch eine Chance geben, weil ich spüre, dass er mich liebt. Toni, ich bin mir sicher, dein Vater liebt dich auch.«

Toni schlang die Arme um seinen Körper. Auf einmal sah Franzi ihn als kleinen Jungen vor sich. Ein Junge, der so große Ehrfurcht vor dem riesigen Schatten seines Vaters hatte, dass er sich nicht traute, aus diesem Schatten herauszutreten.

»Geh zu ihm, am besten jetzt gleich«, sagte Franzi leise. Toni schien ihr nicht zugehört zu haben. Sein Blick war auf die Straße gerichtet, wo sich vor dem Café die anderen Sternsinger versammelten und bereits unruhig nach ihm Ausschau hielten. Plötzlich kramte er hektisch in den Taschen seines Umhangs und holte eine kleine, runde Dose heraus. »Wer von euch wollte schon immer mal wissen, wie es sich anfühlt, eine andere Hautfarbe zu haben?«, fragte er.

Die drei !!! begriffen zunächst nicht, wovon er redete. Marie kam als Erste darauf. »Ich!«, sagte sie lachend und schnappte sich die Dose.

Wenige Minuten später ging der Umzug weiter – mit einem Mohr, der während der Pause kleiner geworden war und blonde statt schwarze Haare hatte. Die Leute, denen es auffiel, vergaßen diesen merkwürdigen Umstand sofort wieder, als der Mohr zu singen begann. Seine Stimme war so hell und rein, dass sie Tränen der Rührung in den Augen hatten.

Pferde bringen Glück

Die Sonne näherte sich bereits den weißen Berggipfeln, als Franzi vor der Pension *Himmelreich* stehen blieb. Der Name gefiel ihr. In den Bergen hatte sie tatsächlich manchmal das Gefühl, dem Himmel ganz nahe zu sein. Franzis Herz pochte bis in den Hals hinauf. Auf einmal hatte sie unglaubliche Sehnsucht nach Felipe.

In dem Moment, als Franzi so weit war, den ersten Schritt in Richtung Tür zu machen, ging plötzlich die Haustür auf und Felipe trat heraus.

»Hallo, Franzi«, sagte er. »Irgendwie wusste ich, dass du gleich kommen würdest.« Felipe trug einen dicken, türkisfarbenen Pullover und darüber eine weiße, ärmellose Daunenweste. Unter der schwarzen Wollmütze kringelten sich seine dunklen Locken.

Franzi konnte gar nicht hinsehen, so heftig war der Wunsch, diese Locken zu berühren. »Wollen wir ein bisschen spazieren gehen?«, schlug sie vor.

»Gern«, sagte Felipe.

Gemeinsam stapften sie durchs Dorf, das sich langsam mit den heimkehrenden Skifahrern füllte. Franzi war es nicht wichtig, wohin sie gingen. Hauptsache, sie waren in Bewegung. So ließ es sich leichter reden. »Möchtest du mir jetzt erzählen, was am 27. Dezember wirklich passiert ist?«, fing sie zögernd an.

Felipe nickte. »Ich hab mit Onkel Miguel eine neue Zaubernummer einstudiert. Wir waren im Restaurant meiner Mutter. Dort haben wir die Gäste nach Strich und Faden beklaut.« Als er Franzis erschrockenen Gesichtsausdruck bemerkte, fügte er schnell hinzu: »Natürlich nur mit ihrem Einverständnis. Die Leute wussten, dass wir an diesem Abend eine Improvisation machen würden. Sie wussten nur nicht genau, was wir vorhatten. Die Nummer kam total gut an. Es gab viele Lacher, als wir den verdutzten Opfern ihre Geldbeutel zurückgaben.«

Franzi blieb wie angewurzelt mitten auf dem Gehsteig stehen. Eine Frau rempelte sie von hinten an und schimpfte. Franzi spürte weder den Schmerz noch hörte sie etwas. »Ihr habt die Gäste absichtlich beklaut?«, fragte sie nach.

»Ja.« Felipe blieb neben ihr stehen. Halb verlegen, halb stolz kratzte er sich am Ohr. »Findest du das nicht so lustig?«

Franzi wurde knallrot. »Doch, doch. Das ist gut. Ich meine nur … es ist … Ich schäme mich so!«

»Warum das denn?« Jetzt machte Felipe ein erschrockenes Gesicht.

»Ich war so dumm, ich hab dieser blöden Verena geglaubt. Sie hat dich zufällig im Restaurant gesehen und behauptet, du wärst ein ganz gemeiner Dieb.« Franzi erzählte hastig, was in der Zwischenzeit passiert war. Am peinlichsten war ihr der Moment, als sie ihre Recherche im Internet zugeben musste. »Ich hab dir nicht vertraut. Das tut mir so leid. Bitte verzeih mir!«

Felipe presste ein mexikanisches Wort zwischen den Lippen hervor, das Franzi nicht kannte. Es hörte sich nach einem Schimpfwort an, wenn nicht gar nach einem Fluch. Felipe stapfte weiter, ohne darauf Rücksicht zu nehmen, ob Franzi ihm so schnell folgen konnte.

Sie musste einige Leute beiseiteschieben, bis sie ihn endlich einholte. »Warte! Ich kann dich total gut verstehen. An deiner Stelle wäre ich auch sauer.«

Felipe tippte sich mit dem Finger an die Stirn. »Sauer? Ich bin stinkwütend – und enttäuscht. Vor einer Woche haben wir uns gegenseitig ewige Liebe geschworen. Für mich bedeutet, den anderen zu bewundern, dass man immer zuerst davon ausgeht, dass er nur das Beste im Sinn hat.«

»Du hast ja so recht.« Franzi wäre vor Scham am liebsten in Grund und Boden versunken. Noch nie hatte sie sich so sehr geschämt. »Entschuldige, Felipe. Es tut mir wirklich sehr, sehr leid!« Sie nahm Felipes Arm und drückte ihn.

Plötzlich verschwand die Wut aus seinem Gesicht. Felipe seufzte aus tiefem Herzen. »Ist schon gut! Da ist gerade mein mexikanisches Temperament mit mir durchgegangen. Mich trifft auch ein Teil der Schuld, ich hätte dir von den Plänen meines Onkels erzählen sollen, statt ein Geheimnis daraus zu, machen. Weißt du, ich wollte dich damit überraschen und dir nach dem Skiurlaub persönlich meine Zauberkünste vorführen.«

»Ist das süß!« Franzi spürte so viel Liebe für Felipe, dass ihr Herz damit restlos überfordert war. »Das heißt, du kannst mir verzeihen?«

Felipe lächelte breit. Zwei Reihen strahlend weißer Zähne schimmerten im Licht der untergehenden Sonne. »Nur, wenn du mir auch verzeihst.«

»Natürlich!«, rief Franzi. Endlich durfte sie Felipes Locken berühren, sein Gesicht streicheln und ihn umarmen. Es war, als würde sie einen Schatz wiederfinden, der lange Zeit tief unter einer Lawine begraben gewesen war.

Plötzlich hörte Franzi hinter sich das Getrappel von Pferdehufen. Überrascht löste sie sich aus Felipes Armen und drehte sich um. Zwei wunderschöne Schimmel trabten auf sie zu. Sie zogen eine Pferdekutsche hinter sich her.

Der Mann auf dem Kutschbock beugte sich zu Franzi und Felipe hinunter. »Na, ihr zwei? Habt ihr Lust auf eine romantische Fahrt durch die Winterlandschaft?«

Felipe brauchte nur in Franzis leuchtendes Gesicht zu sehen, um die Antwort zu wissen. »Wir sind dabei!«, sagte er.

Franzi und Felipe kletterten in die Kutsche, deren Bank mit weichen Schaffellen ausgelegt war. Kaum hatten sie sich unter mehrere Wolldecken gekuschelt, schnalzte der Mann mit der Zunge. »Tee-raaab!«

Die Schimmel kannten den Weg. Sie bogen in eine ruhige Seitenstraße ein. Danach in einen Feldweg, der über eine tief verschneite Wiese führte. Langsam senkte sich die Dämmerung über das Tal. Der Schnee funkelte. Über den dunklen Berggipfeln tauchten die ersten milchig weißen Sterne auf. Sie allein waren Zeugen, als Franzi und Felipe sich küssten.

»Herzlich willkommen bei unserem letzten Hüttenabend!« Tom hob sein Glas mit Früchtepunsch und prostete den Teilnehmern der Skifreizeit zu. »Eine aufregende Woche liegt hinter uns. Ich danke euch für die tolle Zeit! Und jetzt lasst uns auf Toni, unseren Skilehrer, anstoßen!«

»Auf Toni!«, rief Marie laut.

Kim, Franzi und die anderen nahmen den Trinkspruch gerne auf. Gläser klirrten aneinander, braun gebrannte Gesichter strahlten sich gegenseitig an. Anschließend kosteten alle vom Punsch, den die Köchin nach einem Geheimrezept aus Orangensaft, schwarzem Tee, Zimt und Nelken gezaubert hatte.

Toni trank sein Glas in einem Zug. »Ein karibischer Cocktail könnte nicht besser schmecken.«

»Echt?«, sagte Simon. »Dann kannst du ja hierbleiben!«

Lachend schüttelte Toni den Kopf. »Ich hab meine Abreise nur um einen Tag verschoben. Morgen fliege ich.« Er zwinkerte den drei !!! zu, die sich weit weg von Verena und ihren Freundinnen den besten Tisch am Fenster gesichert hatten.

Felipe legte lächelnd den Arm um Franzi. »Ihr könnt wirklich stolz auf euch sein.«

Das waren Kim, Franzi und Marie auch. Dieser Fall hatte sie ganz schön in Atem gehalten, aber am Ende war alles gut ausgegangen. Toni hatte sich mit seinem Vater ausgesprochen. Der war so froh gewesen, ihn lebendig wiederzusehen, dass er seine ursprünglichen Pläne rasch aufgegeben hatte. Er wollte, dass sein Sohn glücklich wurde – und wenn es sein musste, dann eben als Surflehrer in der Karibik. Er hatte sich nur gewünscht, dass Toni ab und zu nach Hause kam. Und diesen Wunsch erfüllte ihm sein Sohn gerne.

Auf einmal stand Verena vor den drei !!!. Sie war sichtlich verärgert, dass sie diesmal gar nichts von den Ermittlungen mitbekommen hatte. »Wie war das denn nun mit diesem Wettrennen? Was ist da genau passiert?«

Franzi antwortete achselzuckend: »Tut mir leid. Das musst du Simon und Toni schon selbst fragen.«

Enttäuscht zog Verena wieder ab. Die im Gespräch vertieften Brüder zu stören, traute sie sich dann doch nicht.

Franzi genoss den kleinen Triumph. Als sie von ihrer Kutschfahrt zurückgekehrt war, hatte sie sich sofort Verena vorgeknöpft und ihr klargemacht, dass sie nie wieder unschuldige Menschen verleumden sollte. Verena hatte es hoch und heilig versprochen. Ob sie sich an ihr Versprechen halten würde, war eine andere Frage, aber die brauchte Franzi nicht mehr zu interessieren. Sie selbst jedenfalls würde ihren Fehler kein zweites Mal machen. In Zukunft würde sie Felipe vertrauen.

»Jetzt seht euch mal Toni und Simon an!«, raunte Marie Kim und Franzi zu.

Kim nickte. »Scheint ganz so, als hätten sie ihren alten Konkurrenzkampf für immer begraben. Und wem haben wir das zu verdanken?«

»Meiner lieben Schwester Chrissie!«, musste Franzi zugeben. Bei Simon hatten die drei !!! gar nicht mehr eingreifen müssen. Chrissies eindringliche Bitte im Hotelcafé hatte positiv nachgewirkt. Simon hatte sich bei seinem Bruder entschuldigt, dass er ihn im Stich gelassen hatte. Und Toni hatte ihm verziehen. Jetzt, wo sich die beiden versöhnt hatten, konnte jeder seinen eigenen Weg gehen. Simon übernahm das Hotel. Er hatte die Schenkungsurkunde bereits unterschrieben, die seinem Vater den wohlverdienten Ruhestand ermöglichte.

»Ich fürchte, Hans Schachner muss sein Buch umschreiben«, sagte Kim.

Der Verwalter hatte nur am Anfang kurz beim Hüttenabend hereingeschaut. Wahrscheinlich war die ungewohnte Harmonie der Brüder zu viel für ihn. Die musste er erst einmal verarbeiten.

»Hans Schachner ist mir egal. Ich beneide Toni!« Marie schwenkte ihr leeres Punschglas und richtete dabei den Blick verträumt in die Ferne. »Ich würde auch gerne morgen in ein Flugzeug steigen und mich in der Karibik unter zwei Palmen in die Hängematte legen. Stattdessen muss ich in drei Tagen wieder in die Schule!«

»Es hat alles seine Vor- und Nachteile«, gab Kim zu bedenken. »In der Karibik kann es ganz schön einsam sein, alleine, ohne Holger.«

»Stimmt auch wieder«, sagte Marie. Ihre Augen schimmerten plötzlich sehr hell, und das lag nicht nur am lindgrünen Lidschatten, den sie aufgetragen hatte.

Während Maries Gedanken nach Billershausen wanderten, sah sich Kim im Gemeinschaftsraum um. Fast überall blickte sie in glückliche Gesichter. Chrissie hatte sich zu den Skilehrern gesetzt und gab Simon gerade einen Kuss. Franzi und

Felipe hielten sich verliebt an den Händen. Und Viktor und Lars flirteten mit Lena, die ihre Gitarre ausnahmsweise mal zur Seite gelegt hatte.

Vor einer Woche noch hätte Kim sich bei so viel Glück in ihrer unmittelbaren Umgebung unendlich einsam gefühlt. Heute war es anders. Natürlich dachte sie an Michi, aber es war ein schönes, friedliches Gefühl. Was auch immer die Zukunft an Neuem für sie bereithielt, sie würde Michi für immer in ihrem Herzen bewahren.

Als ein Handy klingelte, merkte Kim erst nach einer Weile, dass es ihr eigenes war. »Hallo?«, fragte sie, ohne auf das Display zu sehen.

»Hier ist Kommissar Peters. Ich hab nichts mehr von euch gehört. Da wollte ich dann doch mal nachfragen, wie es euch geht.«

Im Nu war Kim wieder in der Gegenwart angelangt. »Sehr gut«, sagte sie und stellte den Lautsprecher an, damit Marie und Franzi mithören konnten. »Wir haben wieder einen Fall gelöst. Diesmal brauchen wir allerdings keine Handschellen. Niemand hat sich strafbar gemacht.«

»So so. Aha …« Der Kommissar räusperte sich. »Das freut mich zu hören. Vielleicht war ich … äh … ein bisschen überängstlich. Ich hoffe, ihr nehmt mir das nicht übel. Wenn ihr wieder im Lande seid, könnt ihr jederzeit gerne im Präsidium vorbeischauen.«

»Vielen Dank für die Einladung«, sagte Kim.

Zum ersten Mal hatte Kommissar Peters zugegeben, dass er es mit seiner Sorge für die Detektivinnen übertrieben hatte. Das ging natürlich runter wie Öl.

Franzi stand auf, um eine neue Runde Früchtepunsch für die drei !!! und Felipe zu holen. Bevor sie ging, drückte sie Felipe schnell noch ein Küsschen auf die Nasenspitze und er bedankte sich mit einem Lächeln, das bis in ihr Herz hinein strahlte. Als Franzi zurück an den Tisch kam, grinste Marie von einem Mundwinkel zum anderen. »Du kommst gerade richtig. Wir müssen unbedingt auf unseren Fall anstoßen – und auf das Traumhaus, in das ich bald ziehen werde. Mein Vater hat mir gerade eine SMS geschickt. Die Villa gehört uns!«

»Hurra!«, riefen Kim und Franzi und fielen ihrer Freundin um den Hals.